El perfil
de la luna

PUNTO DE ENCUENTRO

Marta Rivera Ferner

El perfil
de la luna

EVEREST

A mi amiga Irene P.
por ayudarme a abrir puertas.

Dirección Editorial: Raquel López Varela
Coordinación Editorial: Ana María García Alonso
Maquetación: Cristina A. Rejas Manzanera

Ilustración de cubierta: Marta Rivera Ferner
Diseño de cubierta: Jesús Cruz

© Marta Rivera Ferner
© EDITORIAL EVEREST, S. A.
Carretera León-La Coruña, km 5 - LEÓN
ISBN: 84-241-8720-2
Depósito legal: LE. 528-2004
Printed in Spain - Impreso en España

EDITORIAL EVERGRÁFICAS, S. L.
Carretera León-La Coruña, km 5
LEÓN (España)
Atención al cliente: 902 123 400
www.everest.es

El descubrimiento

Primero descubrí sus ojos. Oscuros y llenos de asombro. Desde donde yo me hallaba, poco más podía ver ya que se ocultaban tímidamente en la penumbra cómplice de la espesura.

Aquel primer día, apenas estuvo unos minutos acechándome y enseguida desapareció, rápida como un cervatillo y sin producir ruido alguno.

A la mañana siguiente, volvió al mismo lugar, como si ya supiera que desde allí podía observarme a su antojo. Ese día permaneció en su sitio algún tiempo más, segura de no ser descubierta. Yo la espiaba con el rabillo del ojo y simulaba estar enfrascado en mi tarea, pero, en realidad, no perdía detalle de sus movimientos.

Así, jornada tras jornada, fue acudiendo puntualmente a su cita en aquel punto de observación, privilegiado por cierto, ya que desde allí podía espiar todo el campamento y especialmente a mí, objeto de su interés.

Todas las mañanas, yo salía de mi casa cargado de libros, papeles, cuadernos de apuntes y algunos carboncillos para dibujar y me sentaba en una rústica banqueta a la puerta de mi vivienda, que compartía con dos compañeros. Allí me pasaba horas dibujando insectos, plantas, edificaciones y tomando notas sobre las costumbres de la gente del lugar y, principalmente, de los acontecimientos más importantes en aquellas tierras nuevas. Tal era mi trabajo como cronista de la conquista del Nuevo Mundo.

Ya hacía dos meses que nos habíamos asentado en la isla de la Puná, en la desembocadura del río Guayas, frente a las costas del Perú, y el contacto continuo con los nativos había ido ampliando mis conocimientos de manera tal, que ya poseía una buena cantidad de documentación.

Fue entonces cuando aquel día la descubrí, semioculta tras unos arbustos, y traté en todo momento de no asustarla.

Con el correr de los días, fui albergando la secreta esperanza de que en algún momento se acercaría a mí y se daría a conocer, aunque yo ya sospechaba de quién se trataba.

Durante su estancia en la isla –poco antes de nuestra llegada– Francisco Pizarro, que desempeñaba el cargo más alto, el de gobernador, había conseguido la amistad de algunos indígenas que le fueron de gran ayuda para guiarlo en sus incursiones y servirle como intérpretes. Alguien me había comentado, entonces, que una niña estaba entre ellos –aunque no era natural de la isla– pero yo nunca la había visto debido, quizás, a mi actividad que me llevaba a recorrer a solas la región, a veces, durante gran parte del día. La vida en la isla se había tornado monótona y demasiado tranquila y todos deseábamos ir a Tierra Firme. No teníamos demasiadas tareas en las que ocupar nuestro tiempo, por eso yo lo aprovechaba de la mejor manera posible: ampliando mis conocimientos, lo cual me apartaba de las tareas habituales de mis compañeros, hombres de armas, sólo ocupados en sus entrenamientos militares y en inspeccionar las zonas cercanas a caballo, cuando no repeliendo algún ataque esporádico de tribus hostiles. Sólo en esas ocasiones yo me unía a ellos a fin de llevar una crónica detallada de todos los acontecimientos y dibujar las referencias del camino.

Estaba enamorado de mi trabajo, en especial desde mi llegada a este Nuevo Mundo, descubierto por Cristóbal Colón hacía ya casi 40 años y que me estaba llenando los ojos de paisajes nuevos.

Yo había arribado a la isla de la Puná el 1 de diciembre del año 1531 en una de las dos naves de Hernando de Soto, procedentes de Nicaragua. Veníamos en ayuda de Francisco Pizarro cuyas tropas se estaban debilitando a causa de los continuos enfrentamientos con los indígenas. Con nuestra presencia, las agresiones se aplacaron en la isla; en cambio, la situación en Tierra Firme continuó siendo sumamente conflictiva, debido a que la muerte del Inca Huayna-Capac había sumido al imperio en una cruenta guerra civil, ya que, poco antes de su muerte, el Inca cometió el error de dejar como heredero de una parte de su reino –la comarca de Quito, al norte– a su hijo AtaHuallpa en perjuicio de su otro hijo, Huáscar, señor de Cuzco, al sur, capital del imperio en cuyos palacios se acumulaban inmensos tesoros.

Huáscar no había admitido la división del reino y había declarado la guerra a su hermano AtaHuallpa.

Aprovechando esta situación –ya que la conquista así sería más fácil– Pizarro y Hernando de Soto habían partido hacia el Perú ya hacía más de un mes y yo había recibido órdenes de quedarme con algunos compañeros en la Puná, hasta nuevo aviso.

Fue entonces cuando ella se animó a acercarse hasta mi vivienda por primera vez para inspeccionarme sin reservas. Comprendo que su curiosidad debía ser mucha. Habíamos llegado a sus tierras en desconocidas naves, provistos de potentes armas que los llenaban de espanto, montados en bestias que bufaban y que, según ellos creían, eran inmortales. Si, además, se le agregaba el hecho de que nuestro aspecto era tan distinto al suyo, la chiquilla debía estar perpleja y curiosa.

El juego se repitió durante bastante tiempo. Ella me miraba y yo la observaba con el rabillo del ojo y, apenas notaba en mí el más leve movimiento, aunque fuera un gesto involuntario de mi mano o de mi pierna cambiando de posición, desaparecía entre la húmeda penumbra del bosque para reaparecer momentos después, con suma precaución, como asegurándose de que el peligro había pasado.

A veces, yo cambiaba adrede mi postura y me colocaba detrás del árbol que daba sombra frente a mi casa. Entonces, notaba en ella cierto nerviosismo al sentirse obligada a buscar otro punto de observación. Apenas ella cambiaba de sitio, yo volvía a mi anterior situación tratando de disimular la risa que sus nerviosos movimientos me producían. Hasta que, un día, decidí sorprenderla.

Aquella mañana, salí, como siempre, con mi carga de carboncillos, cuadernos y libros. Coloqué todo sobre la endeble mesilla que me servía de apoyo. Me senté y esperé. No demasiado. Apenas noté un rumor de hojas, supe que ya estaba colocada en su lugar de siempre. Esperé aún algunos minutos más, luego me levanté con parsimonia, me desperecé, recogí uno de mis carboncillos y un cuaderno y me encaminé hacia la parte trasera de la vivienda. Una vez allí, aceleré mis movimientos, torcí a la izquierda y me interné en la espesura para dar un rodeo y sorprenderla por detrás. Agilicé la marcha por miedo a que se fuera si no me veía reaparecer.

Traté de no hacer ruido. Un sendero libre de malezas me ayudó en mi propósito. No me llevó mucho tiempo llegar cerca de su puesto de observación. Al principio, pensé que me había desviado demasiado, ya que no alcanzaba a verla por ninguna parte, pero, de repente, noté un cierto movimiento entre los arbustos, un poco a mi derecha. Allí estaba, parada y observándome. Creo que desde el principio había conocido mis intenciones. Me sentí un poco ridículo. El cazador había terminado cazado.

No parecía tener miedo, supongo que el hecho de haberme contemplado tantos días en actitudes pacíficas habría contribuido en algo a su aparente confianza.

Era una niña indígena de unos 10 o 12 años, no demasiado alta y muy delgada. Su rostro mostraba los rasgos típicos de su raza. Tez morena, ojos negros, intensamente negros, grandes y un poco alargados hacia las sienes; la nariz era larga y fina, algo ensanchada en el puente. Me llamó la atención su piel ya que era de una perfección inusual. Sus labios eran gruesos y extrañamente rosados, como si estuvieran pintados. El cabello, renegrido y lustroso, lo llevaba partido al medio en dos largas trenzas que bajaban casi hasta su cintura y enmarcaban con gracia su carita ancha, en forma de corazón. En la frente, una cinta tejida de colores resaltaba el brillo intenso de sus ojos y ocultaba, en parte, las pequeñas arrugas de su asombro. Una túnica de color azafrán bordada con guardas de vivos colores y dibujos típicos de su cultura cubría su delgado cuerpo y dejaba sus brazos desnudos. La cintura se hallaba prisionera por una ancha banda, también bordada con refinado gusto. Llevaba en los pies las clásicas usutas que dejaban los dedos al aire.

Sorprendido en falta, sólo atiné a decirle estúpidamente:

—Hola…

Ella frunció un poco las cejas y levantó una mano mientras pronunciaba algunas palabras en quechua, su idioma nativo, idioma que yo conocía bastante debido a la cantidad de notas que había estado tomando desde mi llegada y a la relación que manteníamos con frecuencia con los indígenas de la zona.

Según pude entender, me había saludado con una frase que significaba algo así como "no mientas, no robes, no seas perezoso".

Con el tiempo pude comprobar que esta forma de saludo se debía a que los incas detestaban la mentira, no solamente porque estuviera mal hacerlo, sino porque traía graves perjuicios a toda la comunidad. También rechazaban el robo, no lo comprendían, ya que cada uno tenía lo necesario para vivir y no había motivos para apoderarse de lo que otro tuviera. Llegaría a comprobar que las casas carecían de puertas, lo cual era una clara muestra de la honestidad de ese pueblo.

Desde pequeños se les enseñaba a no ser egoístas y se le daba máxima importancia al trabajo y a la valentía, rechazando al perezoso.

De ahí sus palabras de saludo.

Tratando de no asustarla, me acerqué a ella y le pregunté su nombre. Dudó un momento, luego con voz suave y algo grave para su edad, dijo:

—Soy Illencka —sin apartar sus ojos oscuros de los míos.

—Yo soy Fernando…

—¿Eres un Apo? —preguntó con algo de sospecha en la voz.

Sonreí. Así era como los indígenas llamaban a quien tuviera el mando de las tropas.

—No —le dije—, el gobernador Francisco Pizarro es el Apo. Yo sólo soy dibujante y cronista.

—¿Dibujante?

—Sí, mira —le dije mostrándole uno de mis dibujos. Un exótico pájaro de cola larga y plumaje muy llamativo.

Al ver el dibujo, cambió de expresión, una amplia sonrisa le iluminó la carita oscura. Enseguida reconoció al pájaro y dando muestras de gran agitación, corrió hasta un árbol cercano y señalando hacia lo alto dijo:

—¡Pájaro inti! ¡Es un pájaro inti!

Ni corto ni perezoso, le hice repetir el nombre y puse mucho cuidado en anotarlo correctamente. Luego, le indiqué algunos otros esbozos y, al reconocerlos, fue diciéndome los nombres correspondientes.

—¡Éste es un kinkajú… y un mot mot… y un ara macao!

Plantas, aves, animales, árboles, nada se le escapaba. Llegué a pensar que, o yo dibujaba como los dioses o ella era sumamente perspicaz.

A partir de allí, se convirtió en mi principal ayuda. Sus conocimientos eran tan amplios que me sorprendió encontrarlos en una niña de su edad. Pero nunca imaginé, aquel primer día de nuestro encuentro, que entre nosotros surgiría una extraña y fantástica amistad que cambiaría mi manera de pensar, de comprender, de vivir…

* * *

Aquel día, después de aquellos primeros momentos en que se rompió el hielo entre nosotros, comenzamos a caminar por un estrecho sendero que partía el bosque por la mitad mientras ella me observaba insistentemente. Comprendí su curiosidad. Muy a menudo mi aspecto físico llamaba la atención debido a mi piel exageradamente blanca, sin pizca de color, a mis cabellos muy claros (ahora mucho más debido a la acción del sol) y a mis ojos grises-verdosos. Mi semblante pálido y mi físico delgado me habían valido el apodo de Espárrago, que, si bien en un principio no me había causado la más mínima gracia, poco a poco me había ido acostumbrando a él y lo aceptaba, si no con gusto al menos con resignación.

Durante el paseo no habló mucho, se limitó a indicarme el nombre de alguna planta o de algún pájaro o animal con el que nos cruzábamos. La vegetación era rica y exuberante, a pesar de que no era zona de lluvias, aunque sí de abundantes nieblas.

—¡Allí, un árbol mukkamukka… y un colibrí!

En los momentos en que yo me detenía para hacer algún ligero esbozo, se colocaba tras de mí y espiaba los movimientos del carboncillo sobre el papel, aquellas líneas que yo trazaba la cautivaban –las llamaba quellca– pero lo que más la intrigaba era el papel. En un momento la oí murmurar, mitad en quechua, mitad en español: "quellca, qué bonita quellca…", mientras con sus frágiles dedos acariciaba las hojas de mi cuaderno. Viendo la fascinación que aquel extraño tejido blanco le producía, arranqué una hoja y se la regalé. Sus ojos brillaron de satisfacción y con sumo cuidado la guardó en su chuspa, un pequeño bolso que colgaba de su hombro.

Esa mañana sólo recorrimos una pequeña parte de la isla. A cada paso yo temía un furtivo ataque por parte de los indígenas hostiles que se ocultaban entre los pantanos y las zonas más inaccesibles, pero ella parecía saber muy bien cuáles eran los lugares libres de peligro y en todo el tiempo que duró nuestro paseo no vimos a nadie, salvo a dos españoles recorriendo el lugar con sus caballos, cuyas presencias atemorizaron a Illencka que, a pesar de estar acostumbrada ya a verlos por el campamento, aún sospechaba en aquellos nobles animales un peligro incierto que le inspiraba respeto y temor.

Me llevó por lugares de la isla para mí desconocidos, en los que aún no me había animado a internarme. A medida que nos adentrábamos en la isla, crecía mi asombro por la profusión de especies vegetales y animales.

Durante mi breve estancia en Nicaragua ya había tenido ocasión de apreciar la belleza de aquel Nuevo Mundo, que se asemejaba a un verdadero paraíso terrenal.

Por aquel entonces yo me hallaba absolutamente fascinado ante la presencia de su fauna y flora, tan nuevas para mí. Todo era digno de mi admiración: la explosión de color en el plumaje de las aves, variopinto y cambiante, que las hacía parecer irreales; la diversidad de pájaros que, con sus reiterados chillidos y sus armónicos cantos transformaban la selva de Nicaragua en una verdadera caja musical; los árboles que, rumbo hacia el cielo, parecían no tener la mínima intención de detenerse en su crecimiento y, al llegar arriba, a más de 30 metros de altura formaban un toldo de hojas y ramas, como un verdadero encaje vegetal, por donde apenas lograba entrar la luz del sol; y allí, en aquella maraña de árboles, orquídeas y helechos vi todo tipo de monos de bellísimo pelaje, aulladores y gritones, inquietos y pendencieros, siempre en continuo movimiento. Silenciosas serpientes de dimensiones monstruosas, capaces de respirar el aire de mi nariz sin que yo notara su presencia. Increíbles insectos y una inmensa variedad de mariposas de bellísimos colores, algunas perfumadas, otras aterradoras por su apariencia feroz. Todas ellas inundando el aire húmedo de la selva. Y también vi, muy especialmente, animales salvajes. Allí fue donde descubrí por vez primera un animal de extraordinaria belleza: el tigrillo, ágil y nocturno, con su pelaje manchado y sus andares sigilosos y ligeros, invisible hasta que salta sobre su presa, sorprendiéndola... y sorpresa mayúscula fue la que yo me llevé una noche.

Recuerdo que estaba sentado a la puerta de mi vivienda. Hacía un calor sofocante. La sinfonía de la selva cercana, la magia de su húmeda oscuridad y el rumor breve de su vegetación, apenas agitada por la brisa nocturna, me tenían sumido en un estado de deleite total.

En un determinado momento, una enorme mariposa nocturna de aspecto feroz, con dos grandes ojos en sus alas y cabeza de pequeño caimán, se había posado sobre la mesa donde estaba apoyado mi cuaderno, llamando mi atención. Me acerqué a ella lo más que pude para observarla con detenimiento procurando no espantarla cuando, de pronto, percibí dos destellos frente a mí, a menos de tres pasos de donde me hallaba, en el círculo de sombra producido por un enorme árbol. Pegué un respingo, pero inmediatamente traté de controlarme. Miré con mayor cuidado y entonces el terror me paralizó.

Eran dos ojos.

En un primer momento pensé que sería mi admirado tigrillo pero el tamaño de aquellos ojos y la separación entre ambos me contradijeron al instante. Muy a mi pesar tuve que reconocer que parecían pertenecer a un animal mucho mayor. Sentí el terror deslizarse por mi columna vertebral.

Miré hacia ambos lados por si divisaba a alguno de mis compañeros, pero todos estaban ya adormecidos por el calor y la guardia no se veía por ningún lado.

Me resigné a lo peor. Traté de aconsejarme a mí mismo, pero no encontré ni una sola sugerencia para hacerme. La realidad era contundente. Estaba solo y a merced de algo desconocido.

Fuera lo que fuera, "aquello" seguía protegido por las sombras y yo sólo veía sus ojos de fuego, clavados en mí. De todas maneras, pudo más mi curiosidad de científico que mi miedo de hombre. Lentamente, extendí mi mano hacia la antorcha que colgaba sobre mi cabeza, un poco a la derecha y que se encontraba casi oculta por una tupida planta que yo mismo había traído desde la selva. Logré descolgarla y la acerqué con sumo cuidado hacia la mesa cercana, de manera que su luz invadiese el lugar donde se encontraba la criatura.

Entonces lo vi. ¡Era un animal magnífico!

La cabeza era fuerte y maciza. Tenía la boca entreabierta dejando ver unos poderosos colmillos y sus ojos parecían dos cristales de fuego. Su pelaje era amarillo dorado, plagado de manchas circulares oscuras, como si llevara impresas sobre su piel sus propias huellas; encontré en él mucha similitud con el leopardo, aunque superaba a éste en corpulencia. Su cola era tan gruesa como mi brazo y sus patas estaban provistas de garras más poderosas.

Comprendí, con espanto, que tenía frente a mí a un jaguar, el animal sagrado, por excelencia, para los indígenas. Por lo general no se acercaban a los campamentos, pero aquél debió sentir un particular interés por los balidos de las cabras y ovejas –traídas desde España– hecho que, probablemente, lo había vuelto más temerario que sus congéneres. Si yo sentía enorme curiosidad por él, la suya por mí no era menor. Sus ojos no se apartaban de mí. Las fauces entreabiertas dejaban adivinar un silencioso rugido guardado en su garganta. Su bellísima cola se movía lentamente a un lado y al otro, en un vaivén amenazante mientras sus orejas aplastadas a ambos lados de la cabeza me hacían temer lo peor. Así estuvimos por espacio de varios minutos, observándonos mutuamente. Yo, con el terror clavado en mis huesos, perforándome los nervios; él, con la seguridad que le brindaba su magnífica figura hecha de músculos, garras y dientes. Llevaba encima la confianza de su especie.

Me habían contado que era poseedor de una tremenda agilidad y de un sigilo que lo hacía prácticamente invisible, amén de ser un cazador implacable.

Ya había tenido yo oportunidad de comprobar una de sus cualidades, porque en ningún momento lo había visto ni oído acercarse. Esperaba no tener que ser testigo de las otras dos ya que, mucho me temía, de un sólo salto podía llegar hasta mí y volverme recuerdo en menos que cantara un gallo.

La bestia dorada no dejaba de acecharme, mientras continuaba el exasperante movimiento de su cola. Su boca entreabierta liberaba un pequeño hilillo de saliva que brillaba a la luz de la antorcha como si fuera de plata.

Y sus ojos, ¡Dios mío, sus ojos! Eran endiabladamente bellos y aterradores, con un brillo prehistórico que los hacía parecer dos gemas cargadas de muerte.

La angustiosa observación de la cual era objeto me estaba sumiendo en un mar de sudor que sentía descender por mi espalda, produciéndome escalofríos.

Los pelos de su lomo y los de mi cabeza estaban fraternalmente erizados. Los míos, de terror; los suyos, por la inminencia del ataque.

En el preciso momento en que la tensión se volvió insoportable, se oyó la voz de uno de mis compañeros, llamándome. El jaguar, al oír el grito, pegó un portentoso salto y se hundió en las sombras de la espesura en un urgente galope de misterio y muerte.

Tardé mucho tiempo en atreverme, nuevamente, a disfrutar del fresco nocturno de la selva de Nicaragua.

* * *

Aunque la isla de la Puná no tenía la exuberancia que había visto en las selvas de Nicaragua, ya que el clima era muy distinto, no por eso me maravillaba menos, sobre todo por la presencia de Illencka, por lo que de ella estaba aprendiendo y por lo que ella significaba al constituir un lazo de unión entre el Viejo Mundo y un advenedizo como lo era yo, en aquellas nuevas tierras.

Aquel primer día de nuestra amistad intenté hacerle algunas preguntas personales, pero ella las contestó casi con desgana, como si temiera ponerse en evidencia. Decidí, entonces, no volver a preguntarle nada que la hiciera sentir incómoda. Debía dejar pasar el tiempo hasta que aprendiera a confiar en mí. Comprendía que no debía de ser nada fácil para ella aceptarme, así como a toda mi gente. A sus ojos éramos extraños y peligrosos invasores.

En un momento dado, me detuve y me apoyé sobre un peñasco para poder dibujar una planta que, en aquella parte de la isla, crecía con particular desenfreno. Ella se sentó frente a mí, sobre una roca y, luego de observarme calladamente durante algunos minutos, me preguntó a boca de jarro:

— Si sólo haces quellcas…, ¿por qué llevas armas? —dijo mientras observaba la espada que colgaba de mi cintura.

En un primer instante no supe qué responderle, luego traté de explicarle:

—Debo llevarlas. Sólo por defensa.

—¿Viniste a mi tierra a defenderte? ¿De quién te defiendes?

Su mirada había adquirido una expresión grave, algo sombría y no la apartaba de la mía. Como no atiné a responderle, ella pareció comprenderlo y alzó sus profundos ojos negros hacia la espesura cercana, como desviando su atención; luego, al volver a mirarme, su expresión había cambiado. Entonces me preguntó:

—Tienes los ojos de agua…, color jade… ¿Puedes llorar con ellos?

Me reí. Por una parte, aliviado de que hubiera cambiado de tema y por otra sorprendido por su ingenuidad, que explotó de repente, como si en un momento hubiera retrocedido varios años.

—¿Por qué me preguntas eso? ¡Claro que puedo llorar!

—El jade es duro… ¿Tus ojos también lo son?

—No, mis ojos son como los tuyos, miran igual, lloran igual…

—Sí, miran igual, pero no ven lo mismo… —y su mirada se volvió a ensombrecer.

De repente, se levantó y me tomó de la mano.

—Ven —me dijo—, te mostraré algo bonito.

La seguí mansamente. Me llevó a través de la isla, la vegetación seguía llamando mi atención y a cada paso quería detenerme y observar más de cerca el objeto de mi curiosidad, pero ella tiraba con firmeza de mi mano.

Cuando ya llevábamos bastante trecho recorrido, mis pulmones notaron que el terreno ascendía. Ella parecía no notarlo, sus movimientos eran ágiles y consiguieron avergonzarme.

La subida duró mucho más de lo que yo hubiera deseado. Una suave niebla nos escondía los lugares más apartados. Cuando ya había empezado a respirar con la boca abierta buscando un poco de aire, Illencka se detuvo, soltó mi mano y dándome la espalda subió aún unos pasos más. Después de unos breves momentos en los que logré recuperar algo de mi perdida dignidad, logré ascender hasta ella con pasos tambaleantes. Al llegar a su lado, enmudecí.

¡Dios mío! Aquello cortaba el aliento. Desde donde nos encontrábamos se podía apreciar toda la circunferencia de la isla, coronada por un halo de neblina que esfumaba las bases de los árboles y les daba un toque irreal. Más allá, golpeada sin cesar por el embate de las olas, la costa del Perú –de una aridez poco común– se alargaba en toda su magnificencia. Un verdadero desierto salpicado aquí y allá por oasis establecidos a orillas de pequeños cursos de agua que se volcaban en el océano Pacífico brillando como nerviosas serpientes plateadas. Lo más extraño eran las brumas, espesas y casi constantes. A pesar de sus presencias, no llovía casi nunca, según pude comprobar meses después, al internarme en el continente.

A mis espaldas tenía la rugiente masa cristalina del océano Pacífico, a mi derecha un sinfín de pequeñas islas y más allá la ciudad de Túmbez, cuyas casas –empequeñecidas por la distancia– parecían irregulares manchas de color terroso. Y, al fondo, la cresta irregular de la cordillera, con sus altísimas cumbres y su silencio blanco de siglos.

Illencka se había aproximado a mí, como esperando una opinión. No encontré palabras para describir aquello. Creo que ella lo comprendió porque me miró con dulzura y luego, bajando la cabeza, sonrió con orgullo, no sin motivo, ya que todo aquello le pertenecía. Por primera vez tuve conciencia de ser un invasor. Miré mis altas botas, la espada colgando de mi cintura, mis ropas oscuras y rígidas y las vi tan ajenas a aquel mundo, tan fuera de lugar… Luego miré sus pequeños pies, cerca de los míos y vi que estaban hechos del mismo barro de aquella tierra maravillosa. Es más, no sé si en aquel momento sufrí alguna especie de alucinación, pero aún conservo la imagen de sus pies transformados en raíces, hundidas en la tierra de la isla de la Puná, mientras ella canturreaba una extraña canción con su peculiar voz un tanto grave.

De repente, se apartó de mí dirigiéndose hacia la derecha, señaló con su mano hacia lo lejos y dijo:

—Muy lejos está Cuzco, de donde soy…

Era la primera vez que me hablaba de ella, comprendí que nuestra amistad se había iniciado en ese momento.

—Illencka, ¿cuántos años tienes? —pregunté tratando de continuar el diálogo, no repuesto aún de la extraña visión de sus pies.

—Doce. Aún tengo que espantar las aves de los campos de maíz durante algún tiempo más —dijo con un gesto de contrariedad y enseguida agregó—, pero después ya podré acompañar a mi hermano a conducir rebaños de llamas…

—Explícame eso… —le pedí al no entender de qué me estaba hablando.

Entonces me explicó que entre los incas se llevaba un censo de la población de acuerdo a la edad de sus habitantes y cada uno de ellos debía cumplir una función:

Menos de un año, el niño está en la cuna. De 1 a 5 años, el niño juega. Entre los 5 y los 9, debe guardar los animales domésticos. Entre los 9 y los 12 años, se les encomienda la tarea de espantar las aves de los campos de maíz; luego, a partir de los 12 y hasta los 18 son considerados aprendices y se les permite conducir los rebaños de llamas de una ciudad a otra. Entre los 18 y los 25 ayudan a sus padres y, a partir de esa edad, se los considera puric, adultos que trabajan y pagan impuestos.

—¿No te gusta espantar las aves? —le pregunté.

—A veces, sí, pero otras resulta aburrido y fatigoso.

—¿Tienes muchos hermanos?

—Tres. Sinchi, es el que guía los rebaños, tiene 14 años. Lloque, tiene 18, quiere ser guerrero, está esperando que lo elijan; y mi hermano mayor, Yachay, es puric. Hace vasijas de barro, muy bellas. El Inca Huáscar lo ha mandado llamar para que sea maestro.

De repente calló y comprendí que ya no diría nada más. Era una niña muy extraña. Respeté su silencio y ella comenzó a descender por el mismo camino que nos había llevado hasta allí. A sus labios había vuelto aquella canción. Miré una vez más a lo lejos. Las olas reventando sobre las costas interminables del Perú me hablaban de misterios y lejanías, de paisajes que no eran míos, pero que se me brindaban sin reparos.

Me di la vuelta y seguí los pasos de Illencka.

EL PERFIL DE LA LUNA

A partir de aquel día nos volvimos inseparables. Ella acudía puntualmente a nuestra cita y yo la esperaba con mis útiles dispuestos.

A veces, si debía esperarme por estar yo ausente en el momento de su llegada, se entretenía mirando los animales del campamento que habían sido traídos desde el Viejo Mundo: reses, pollos, cabras, ovejas... Se podía pasar largos minutos observándolos, como si estuviera grabando en su memoria cada detalle de sus, para ella, extrañas apariencias. Pero el animal que más llamaba su atención era una especie de cerdo colmilludo que había traído Hernando de Soto a la isla en su último viaje. Este cerdo era sumamente irascible, veloz y astuto. Su constante malhumor provocaba en la chiquilla deseos irrefrenables de poner a prueba la paciencia del animal que resoplaba, chillaba y embestía todo lo que se le ponía por delante a la menor provocación. En más de una oportunidad, la valla que lo separaba de Illencka estuvo a punto de ser arrancada de cuajo ante una embestida demasiado vigorosa de su graciosa majestad, el cerdo colmilludo. Illencka se llevó un susto de muerte pero no tardó en recuperarse y volvió a provocar al bicho, imitando sus resoplidos y chillidos. En rigor de verdad, lo hacía mejor ella que el malhumorado cerdo.

Otro entretenimiento que se había procurado era el de meterse en el almacén de víveres y revisar todo lo que allí estuviera guardado. Le encantaba hundir las manos en las bolsas llenas de garbanzos, decía que eran "piedras pinchudas", en una clara referencia al extremo agudo del garbanzo. También conservábamos allí cebollas, rábanos, cañas de azúcar, esquejes de trigo, semillas; todo lo habíamos traído desde España para plantarlo en las nuevas tierras. Y hasta habíamos logrado cosechar algunos melones en el campamento, que habían sido el deleite de Illencka el día en que le di a probar un trozo. Lo saboreó con marcada complacencia y no tardó en hacerlo desaparecer. Nunca creí que pudiera comer tanto, máxime teniendo en cuenta el tamaño de aquel melón.

A medida que avanzaba el tiempo se iba mostrando menos retraída y desconfiada y comenzó a contarme cosas de su familia y a preguntarme por la mía. Así supe que su padre era mitimae, es decir, hombre de pueblo o hatun runa, distinguido por el Inca por su honestidad. Los mitimaes eran enviados a los pueblos recién conquistados como maestros de runa simi o quechua, el idioma del Inca, que deseaba que hubiera una única lengua para unir el Imperio y facilitar el entendimiento entre sus diversas gentes. En sus frecuentes viajes, muchas veces Illencka iba con él, motivo por el cual conocía casi todo el reino, incluso la isla de la Puná.

También había sido educada por un maestro o sabio, el amauta, ya que, de haber dependido de su padre, las continuas ausencias de éste la hubieran perjudicado en su aprendizaje. Si bien los amautas sólo podían enseñar a las clases nobles, a Illencka se le había permitido ser alumna de uno de ellos, el viejo Manco Huillca, lo mismo que a sus hermanos, todos bien considerados por el Inca Huáscar.

—Illencka —le pregunté un día—, si no tenéis escritura ¿cómo haces para memorizar todo lo que sabes?

—Después de que el amauta nos ha enseñado la lección, un haravicu o poeta pone todo lo dicho por el maestro en verso y, así, el aprendizaje se hace mucho más fácil. Aprendemos rápido… ¿En tu tierra también hay poetas?

—Claro que los hay…, y muy buenos.

—¿Cómo se llaman esos poetas… buenos?

Pensé la respuesta durante algunos segundos y luego respondí, recordando a mi buen amigo Garcilaso, excelente poeta, a quien le gustaba leerme sus poemas, aún frescos de tinta:

—Garcilaso de la Vega…

—Dime algo que haya escrito ese poeta Garci…

—Garcilaso…

Recordé algunos versos y se los recité:

Aquí estuve yo puesto,
o por mejor decirlo:
preso y forzado y solo en tierra ajena...
—¿Lo escribió para ti? —me interrumpió con inocencia.
—No... ¿por qué lo preguntas?
—Porque parece que hablara de ti...
¡Era verdad! También yo estaba solo y en tierra ajena...
¡Bendita chiquilla! En un momento, con su ingenua observación, me había hecho retroceder a mi tierra castellana, a mi casa, a mis padres y hermanos, a la frescura de mi huerto donde acostumbraba estudiar...
—Dime otro...
—¿Qué? —su voz me hizo volver al presente.
—Dime otro poeta...
Recurrí nuevamente a mi memoria.
—Jorge Manrique...
Y, antes de que me lo pidiera, recité:
Nuestras vidas son los ríos
que van a dar en la mar
que es el morir...
Noté sus ojos buscando los míos. La miré como preguntándole su opinión. Pareció entenderme porque me dijo:
—Ese poeta no sólo dice poesía, también dice la verdad.
Al ver que su mirada se entristecía, me puse de pie de repente y con voz aflautada y haciendo exagerados ademanes, mientras me sujetaba un pañuelo a la cabeza, comencé a declamar:
¡¿Quién es esta vieja que viene aldeando?!

Cambié de lugar y cascando la voz me contesté yo mismo:

¡Paz sea en esta casa!

Volví a mi posición anterior:

¡Celestina, madre, seas bienvenida!

Illencka rompió a reír. Con aquella risa suya tan sonora y quebradiza. Me senté a su lado y también yo me reí aunque mis nostálgicos recuerdos aún flotaban cerca de mí.

Aquel día comprendí que no era una niña común.

De todo lo que aprendía le gustaba especialmente lo relativo a los misterios de la religión solar, sobre todo las leyendas (para mí) sobre los orígenes de su pueblo. Le encantaba contarme esas historias y yo, que conocía muchas de ellas, ya que guardaban gran similitud con las aztecas y mayas, escuchaba en silencio a pesar de que ella le añadía al relato algo de su propia fantasía y así, la leyenda se transformaba en un sueño maravilloso por la magia de sus palabras. Tenía gran facilidad de lenguaje y le gustaba cantar, quizás más para sí que para los demás. A menudo, la sorprendía canturreando aquella misma extraña canción durante nuestros paseos diarios por la isla; entonces, me aproximaba aún más a ella con el mayor disimulo posible para tratar de oírla mejor; cuando se percataba de mi actitud, interrumpía su canto y me brindaba una amplia sonrisa.

En esos momentos yo solía sentirme muy estúpido.

Por las veces que solía entonarla, era evidente que la prefería sobre todas las otras. Era algo melancólica y, según fui después entendiéndola, hablaba de los orígenes de su raza. Me encantaba oírla, su voz sonaba como un instrumento hueco que cobijara al viento. Poco a poco, logré memorizarla, aunque tardé más en entender su significado porque cuando se lo preguntaba, siempre me daba la misma contestación:

—Algún día lo entenderás, aún es prontito...

Y volvía a entonarla:

Vagad, vagad por el mundo...
¡Oh, padres de mis padres!
Viracocha caminó sobre las aguas,
como la espuma sobre el mar.
Yo caminaré a lomos del viento,
antes de que muera mi raza
y nazca el hombre nuevo.
La sangre que viene del mar
invadirá la tierra
y secará el maíz.
Y cuando llegue otro tiempo,
Madre Pachamama devolverá
el aliento del inca,
para que vuele junto al cóndor,
eternamente.

Se expresaba tan bien en español como en quechua, mezclando la mayoría de las veces palabras de ambas lenguas. A menudo, me costaba seguirle la ilación debido a la cantidad de términos que utilizaba. El idioma quechua, en su boca, sonaba a música. Me maravillaba oírla y ella era consciente de esa fascinación que ejercía sobre mí.

Cuando un día le pregunté cómo era que sabía tantos vocablos diferentes me contestó:

—Me gusta escuchar a mis abuelos y a los demás ancianos. Ellos cuentan muchas cosas que ocurrieron y usan, también, otras lenguas. El quechua es la unión de todas esas lenguas. Así podemos entendernos mejor.

* * *

Una noche, especialmente calurosa, vino a buscarme poco después de la cena. Yo estaba jugando al ajedrez con Pedro Cataño y él fue quien, al advertir su presencia en la oscuridad del vano de la puerta, me hizo una seña. Miré hacia ella y la animé a entrar, pero la imponente figura de mi compañero la mantuvo alejada. Me reí, no era para menos, Pedro me llevaba más de una cabeza de altura y era cuatro veces más grueso que yo. Además, una abundante barba rojiza que le llegaba casi hasta la mitad del pecho –de la cual estaba muy orgulloso– mantenía atrapada la vista de la niña que no atinaba a acercarse.

Fui junto a ella y tomándola de la mano la llevé hasta donde estaba Pedro. Los presenté y ella, muda y expectante, apenas inclinó su cabeza. Su frágil presencia casi desaparecía bajo la sombra del gigantón. Cuando Pedro se rió, ella me miró, luego mostró su singular sonrisa y a continuación largó una portentosa risa, similar a la de mi amigo, de la misma manera que aquel día había imitado y enojado al bendito cerdo colmilludo, con perdón de Pedro. Demostraba tener buen humor. Era un rasgo en ella que desconocía. Pedro se quedó de una pieza y luego sonrió de aquella manera tan suya que lo hacía parecer un niño, feliz de haberle caído bien. Illencka, entonces, tiró de mi mano y, mientras saludaba a Pedro, me arrastró afuera, a la noche estrellada que estallaba en silencio.

* * *

Fuimos andando hasta la playa. La luna estaba en cuarto creciente y su tamaño era enorme, daba la impresión de que iría a caer sobre nuestras cabezas. La blancura de la arena iluminaba nuestros pasos e, impreso sobre ella, íbamos dejando un rosario de huellas oscuras.

Como las olas amenazaban, a cada paso, con mojarnos los pies, Illencka se descalzó con un rápido movimiento; yo intenté hacer lo mismo, pero la rigidez de mis botas no me permitieron un gesto tan elegante y hube de sentarme sobre la arena para quitármelas. Ella comenzó a reírse sin cesar al mirarme en mis bruscos esfuerzos por deshacerme del calzado. En ese momento me di cuenta de lo ridículo que debía estar y me prometí a mí mismo asegurarme de no tener testigos la próxima vez que me las quitara.

Caminamos un trecho más, mientras las frías aguas del océano nos lamían los pies. Al llegar a unas rocas, nos sentamos. La luna parecía un extraño dibujo. Illencka la miró durante un largo tiempo en silencio y luego me preguntó:

—¿En tu tierra también está Quilla, la Luna?

—Claro, igual que aquí…

—No será la misma.

—Sí lo es.

Me miró con sospecha.

—¿Cómo puede estar aquí y allí, tan lejos, al mismo tiempo?

Mis conocimientos de astronomía no eran muchos, pero algo sabía sobre el tema. Estaba al tanto de las teorías acerca del movimiento de los planetas sostenidas por Copérnico. Si bien no se atrevía a publicarlas por miedo a ser acusado de hereje, yo las conocía muy bien ya que mi padre había realizado estudios de medicina en Italia, en la misma época que lo hiciera Copérnico. Allí había entrado en contacto con el gran sabio polaco. Unidos por el amor a la ciencia, se habían hecho grandes amigos y una noche Copérnico le confió a mi padre su atrevida teoría de que la Tierra no era el centro del universo sino que ella era la que giraba, junto con otros planetas, alrededor del Sol, oponiéndose, así, a la teoría del sabio griego Ptolomeo. Mi padre me lo había confiado años después, cuando yo tenía catorce años, y recuerdo que quedé tan sorprendido que esa noche no pude conciliar el sueño. Durante días estuve pensando en ello. Apenas comía, no dormía, sólo aspiraba a saber más del tema, pero me encontraba con mil impedimentos debido a la persecución de que eran objeto todos los que se atrevieran a pensar en otras hipótesis diferentes a la de Ptolomeo, por lo que tuve que recabar datos de donde pudiera, a escondidas y, posteriormente, escuchando conversaciones y rumores en las aulas de la universidad. Sabía que no había peligro alguno en contárselo a Illencka y, así, se lo expliqué lo mejor que pude. No sé si me entendió, pero me escuchó en silencio, como era su costumbre.

Luego, me preguntó:

—¿Y también le puedes ver el perfil, en tu tierra?

—Sí, igual que aquí.

Quedó callada sin dejar de mirar la luna que iluminaba la playa.

—También se llama Shin, ¿sabías?

—No, no lo sabía.

—No sabes muchas cosas, yo te enseñaré —me contestó con aire de suficiencia y agregó—: Te contaré algo muy hermoso. Escucha. Hace mucho tiempo, en el lago Titikaka, al sur, cerca de Cuzco, hubo una tribu de gentes que siempre hablaban de una divinidad, Paa Zuma, que reinaba en un valle muy fértil, con muchos árboles y muchos animales. Un día, hubo un gran diluvio y las aguas cubrieron todo el valle. Sólo se salvó un animal, el puma, que quedó prisionero en una isla en mitad del lago. Durante mucho tiempo, sólo se vio sobre la tierra el resplandor verde de los ojos del puma. Un día, las aguas se retiraron y aquel felino se convirtió en el mayor dios de todos cuantos eran adorados en la isla sagrada de Titikaka. ¿Sabes que Titi significa puma y Kaka color dorado del felino?

—Illencka...

—Calla y escucha. Entonces apareció Viracocha. Era alto, blanco y barbudo, como Pedro. Viracocha reemplazó los ojos del puma por el Sol y la Luna, y a los antiguos habitantes, que habían sido convertidos en gigantes de piedra por su mal comportamiento, por hombres de nuestra estatura. Los hizo con el barro del lago. Y después se fue andando sobre las aguas y desapareció en el mar. Por eso se llama Viracocha, "espuma de mar".

Se quedó unos instantes callada, no me animaba a interrumpirla, mientras yo pensaba cuánto habría de leyenda y cuánto de verdad en sus historias, que tanto se asemejaban a mis propias creencias del origen del mundo. Al cabo de un tiempo dijo, lamentándose:

—Lástima, antes era más grande…

—¿Qué?

—Quilla, la Luna, antes era enorme. Y los animales hablaban.

—¿Cuándo fue eso?

—Hace mucho, mucho, cuando la tierra se pobló por primera vez con los Hijos del Señor del Agua, que eran gigantes. Cuando ellos estaban todo era distinto, me lo enseñó mi maestro. Fue a ellos a quienes Viracocha convirtió en piedra…

—¿También el Sol era más grande que ahora?

—Claro, Inti, el Sol, es el esposo de Quilla. Sería una tontería tener un esposo que fuera más pequeño que tú ¿Qué harías con él?

—No lo sé —me reí.

Se acurrucó en sí misma, rodeándose las rodillas con los brazos. El mar se acercaba a nosotros. De vez en cuando algunas gotas nos salpicaban, sobresaltándonos. Hasta nosotros llegaban, apagados por la distancia, los sonidos cotidianos del campamento.

—En Cuzco —continuó— hay un templo del Sol, se llama Coricancha.

—¿El Sol? —pregunté, distraído.

—No, tonto, el templo.

—¿Has estado allí alguna vez?

—Sí, muchas veces. Hay tres estatuas de Inti y un santuario todo de oro donde duermen las momias de los antiguos Incas. Pero no me gusta mucho estar allí, me da un poco de miedo...

—Háblame de tu Sol —le pedí.

—También es el tuyo, ¿no?

—Sí, pero nosotros no lo adoramos...

Me miró extrañada.

—¿Por qué no?

Illencka tenía la particularidad de tomarme siempre por sorpresa con sus preguntas. Atiné a decirle:

—Sólo tenemos un dios, para nosotros es el único.

—¿Cómo se llama?

—Dios.

Se rió.

—¿Tienes un dios que se llama Dios?

—Sí.

—¿Y dónde está tu dios que se llama Dios?

—En todas partes.

—¿También en Hanán Pacha, en el cielo?

—Sí, claro.

—Entonces tu dios que se llama Dios debe conocer a nuestro dios, Viracocha, él también está en el cielo. Durante la noche, Viracocha se transforma en jaguar y recorre el mundo subterráneo, el mundo misterioso de los muertos. Cuando llega el amanecer se transforma en cóndor y vuela muy alto, altísimo —levantó los brazos hacia las estrellas— tanto que puede llegar a la cumbre más alta de las montañas… ¿Tu dios también se transforma?

—No, Dios nunca cambia —le contesté.

—¿Y cómo es tu dios?

—No lo sé, nadie lo ha visto, pero sabemos que está allí.

Sentí sus ojos negros clavados en mí. Me volvió a acometer la misma impresión que tenía siempre que hablábamos. Ella era la esponja; yo, el agua. Absorbía todo de mí, me quitaba los pensamientos, aun cuando yo no hablara.

—Illencka, háblame de Inti, el Sol —le pedí nuevamente, no sólo porque me interesaba el tema, que ampliaría mis conocimientos sobre sus creencias, sino también en legítima defensa.

Ella tironeó de las puntas de sus trenzas, gesto que ya le había visto hacer en otras oportunidades, luego se volvió a hacer un ovillo y me contó lo siguiente:

—Viracocha dividió el Universo en dos. Arriba, el cielo, Hanán Pacha, donde están el Sol, las estrellas, los planetas… y también tu dios; y abajo, el centro de la tierra, Ucu Pacha, donde habitan los malvados, pero también están allí los que van a nacer. El Sol representa al padre que está en el cielo, y la Luna, a la madre que está en la tierra. ¿Lo sabías? No, no lo sabías. De ellos nacieron dos hijos, un varón y una mujer: Manco Capac y Mama Occllo, que fueron el primer Inca y la primera Coya. El Inca representa al Sol y la Coya, a la Luna. ¿Sabes dónde estamos nosotros, los humanos?

—No, no lo sé, dímelo tú.

—Estamos entre el mundo de arriba y el mundo de abajo, en el medio, ahí estamos nosotros, en el Hurín Pacha...

—¿Hurín Pacha? ¿Tú y yo también?

Me miró con algo de enfado en su rostro.

—Claro, nosotros también. ¿No me crees?

—Sí, sí te creo. Sólo quería cerciorarme —dije conciliador.

No muy convencida y aún con sospechas, continuó:

—El Sol, además de transformarse en cóndor y en jaguar, también se vuelve rayo y entonces se llama Illapa y con su luz dibuja una escalera en el espacio, inmensa, para unir el cielo y la tierra.

—Es bonito lo que cuentas —dije, ingenuamente.

—No sólo es bonito, también es verdad.

"Fernando, ¿cuándo aprenderás a callar?", pensé.

Ella prosiguió:

—La escalera tiene doble sentido. Por ella subimos para ofrendar a nuestro dios; por la otra, él baja y alimenta a los hombres.

—¿La Luna no se transforma como el Sol? —pregunté.

—Sí, claro, se vuelve zorro y pez y también es el mar, Mamacocha, que desparrama la vida. Pero su más importante representación es el martín pescador, tú hiciste una quellca de él, que habita en esta isla. Es muy rápido y tiene hermosos colores, ¿no? Además, ayuda a fecundar a la tierra. Es la encarnación de la Luna...

En los últimos tramos de su conversación, su voz había ido cambiando de una manera extraña.

Intrigado, volví la cabeza para mirarla.

En un primer momento, pensé que era a consecuencia de la luz lunar que su perfil pareciera recubierto de plata, pero a poco me di cuenta que había ocurrido en ella una singular transformación.

Sus vestidos y toda su piel brillaban de un modo inusitado. Parecía estar tragándose a la luna.

Sacudí la cabeza, suponiendo que sería algún defecto producido por mis ojos cansados, pero no, Illencka siguió allí, muda, quieta y toda de plata.

—Illencka... —me estremecí.

Ella volvió la cabeza y el reflejo desapareció.

—¿Qué? —preguntó mirándome extrañada.

—Nada, creo que es un poco tarde. Es mejor volver.

La ayudé a bajar de la roca y, tomados de la mano, regresamos al campamento.

Al ir a despedirme, tomó una de mis manos entre las suyas, sentí que ponía algo en ella, me la cerró suavemente y luego se fue canturreando, perdiéndose entre las sombras del campamento:

Vagad, vagad por el mundo...

Abrí la mano.

En ella había un pequeño cuenco de plata.

Dentro del cuenco había una diminuta luna en su faz creciente, y en su hueco, la figura de un zorro sosteniendo dos escalas.

Esa noche apenas pude conciliar el sueño.

TÚMBEZ

A la mañana siguiente me despertaron voces y ruidos metálicos. La cabeza me estallaba, me sentía agotado, no tenía ni la más mínima idea de la hora, pero la luz que entraba por la ventana, opacada por la tela de la cortina, palpaba con timidez las paredes, por lo que deduje que sería muy temprano. Me vestí como buenamente me lo permitieron mis huesos doloridos. Cuando me hube refrescado un poco, se me ocurrió mirar los catres de mis compañeros. No estaban allí. En ese momento escuché el vozarrón de Pedro que gritaba unas órdenes y enseguida la puerta se abrió con estrépito, dejando entrar un súbito haz de luz, lo cual no fue muy bien recibido por mi dolorida cabeza.

—Oh… —me quejé.

—¿Qué ocurre contigo, pequeño Espárrago? —gritó aún más Pedro y al ver mi estado calamitoso se compadeció y me alcanzó una taza que contenía un brebaje caliente, espeso y aromático aunque su color marrón oscuro coronado por un sospechoso espumarajo no lo hacía muy apetecible. Pedro, al notar mi reticencia, me instó a beberlo:

—¡Bebe, te hará bien!

—¿Qué es?

—¡Bebe! —y empujó la taza hacia mis labios.

Bebí. Era exquisito. No sé qué habrá sido, pero a los pocos minutos se me había pasado el dolor de cabeza y estaba totalmente despejado.

—Pedro —pregunté—, ¿qué me diste a beber?

—*Xocolatl* —respondió—, es una bebida que preparan los indios. Te hace entrar en calor y según dicen, rejuvenece, estimula y te pone guapo.

—¿Sabes con qué está hecha? —indagué con curiosidad.

—Con unos pequeños frutos secos que se llaman cacado… no, cocado… algo así… —respondió—. ¡Cacao! —gritó al recordarlo de pronto—. ¡Eso es, cacao! ¿Te gusta?

—Es delicioso, aunque su aspecto, en un principio, me resultó sospechoso…

—Y a mí…

Desde afuera llegaron voces y sonidos variados.

—¿Qué es todo ese ruido, Pedro?

—Prepara tus cosas, nos vamos.

—¿Adónde?

—Hemos recibido órdenes de ir a Tierra Firme, a Túmbez.

—¿A Túmbez?

—Sí, hombre, a Túmbez, despierta de una vez. Allí nos esperan Hernando de Soto y Francisco Pizarro, han conseguido vencer a los indígenas de la región. Parece que no ha sido nada fácil. Pero al fin, el cacique Chilimisa se ha rendido y ahora nos esperan para marchar hacia Cajamarca y luego bajar hasta Cuzco.

Me di prisa en empacar mis cosas, la mayoría de ellas útiles de dibujo y estudio. Mientras apresuraba los últimos movimientos pensé en Illencka, ¿vendría con nosotros? En ese momento, y como si me hubiera leído el pensamiento, Juan de Ortega apareció en el vano de la puerta acompañado por la niña. Llevaba puesta una túnica de color amarillo-anaranjado y en sus manos traía un pequeño atado que sujetaba con ambas manos.

—Voy contigo —me dijo, radiante de felicidad.

Miré a Pedro y a Juan. La empresa era demasiado peligrosa para una niña tan frágil. Juan se encogió de hombros y Pedro levantó la mano mientras en su carota se pintaba muy claramente el gesto: "Yo no tengo nada que ver".

Ella, como siempre, tenía respuesta para todo, incluso para las preguntas que no se llegaban a hacer.

Me miró y, muy segura de sí, dijo:

—Seré intérprete. Conozco muchas lenguas y tú no.

Pedro largó una risotada. Ella lo miró enfadada.

—Ni tú tampoco —le dijo—, sólo hablas cristiano.

Pedro se quedó rígido como una tabla. Juan, previendo que él podía ser la siguiente víctima de mi amiga, se había deslizado silenciosamente hacia afuera.

Salimos los tres de la vivienda. Yo, soportando la risa, Pedro, muy serio e Illencka, ufana, feliz y decidida, aunque toda su fortaleza se vino abajo cuando vio que nos dirigíamos hacia las caballerizas. Los caballos seguían produciéndole desconfianza.

—No temas, irás conmigo. Pronto te harás amiga de Azulejo, es muy manso y paciente. ¡Imagínate, hace tiempo que me soporta! —le dije para tranquilizarla.

No muy convencida, aceptó mirarlo desde la entrada de la caballeriza mientras yo le colocaba el arnés.

Azulejo era, en verdad, un caballo único; me había acostumbrado tanto a él y él a mí que, se podía decir, éramos una sola persona o un solo animal, según se mirase. Me había demostrado su fidelidad en más de una ocasión y yo le demostraba mi afecto siempre que podía. Tenía una presencia que llamaba la atención y siempre tuve la sospecha de que él lo sabía, ya que se comportaba, sabiéndose mirado, de manera tal que se notaran todas sus cualidades. Su nombre, Azulejo, respondía a su pelaje oscuro y manchado con reflejos azulados, lo cual aumentaba su vanidad.

Cuando estuvo listo, tiré de las riendas y él me siguió mansamente. Al llegar junto a Illencka la olfateó un momento y luego resopló, cosa que le hizo mucha gracia a la niña, aunque aún conservaba gran parte de respeto hacia aquella bestia oscura y grandiosa.

Nos dirigimos hacia la playa, donde nos aguardaba un numeroso grupo de indígenas que nos ayudarían a cruzar en grandes balsas, construidas por ellos mismos. La orilla era un hervidero de soldados, caballos, armas y pertrechos. A todos se los veía ansiosos por partir. No habían venido a aquellas tierras a descansar, sino a conquistar y las noticias que llegaban desde el continente sobre las riquezas que allí aguardaban eran el mejor incentivo. De todas maneras, yo no iba muy tranquilo ni, creo, ninguno de mis compañeros porque cuando Hernando de Soto abandonó la Puná rumbo al continente, lo hizo de la misma manera a como lo haríamos nosotros ahora. En mitad del cruce fueron traicionados por los indígenas que se llevaron gran parte del equipo y a tres españoles que murieron a sus manos.

Pedro me tranquilizó diciéndome que los primeros indígenas habían sido enviados desde Túmbez y éstos pertenecían a la isla. De todas maneras, no les quitamos el ojo de encima en todo lo que duró la travesía.

El traslado fue sumamente difícil, ya que en aquel sitio el mar era bravo y corríamos el peligro de desviarnos hacia los arrecifes, lo cual hubiera significado nuestra muerte. Por fortuna, la pericia de los indígenas en la conducción de las balsas nos hizo arribar sin grandes contratiempos.

En el puerto de Túmbez nos aguardaban Hernando de Soto y Francisco Pizarro, que, según pude percibir, nos recibieron con un gesto de alivio en sus rostros. Supongo que tampoco ellos confiaban demasiado en los indígenas que nos acompañaban.

Cuando entramos en la ciudad, el panorama nos sobrecogió. Estaba literalmente destruida a raíz de los enfrentamientos entre tribus y los librados contra los españoles. Además, me había hecho a la idea de que debía estar mucho más poblada. Cuando indagué, algunos de los que allí estaban me contestaron que era a causa de las guerras, pero, según pude comprobar después tristemente, no era ésa la respuesta exacta. Supe después que, allí en el Perú, estaba ocurriendo lo que ya había ocurrido mucho más al norte, y que había apresurado la caída de los aztecas y mayas y que, según los cronistas, fue un triunfo tanto de las armas españolas como de las enfermedades. La mayoría de los indígenas habían muerto de viruela, enfermedad introducida a estas tierras por un esclavo negro de Hernán Cortés. Inadvertidamente, habíamos desembarcado enfermedades que aquí eran desconocidas como la influenza, el sarampión, la tuberculosis, la viruela… Para muchas de ellas nosotros teníamos defensas, no así los indios, a quienes una simple influenza les ocasionaba la muerte. Al hacer más averiguaciones al respecto, me enteré de que la muerte del Inca Huayna Capac también se había debido a la viruela mientras estaba en Quito, la capital del norte. Junto a él habían muerto muchos de sus oficiales y funcionarios, y ahora, aquella terrible epidemia se estaba extendiendo por todo el continente.

* * *

Aquel primer día en Túmbez, Illencka y yo la recorrimos durante más de una hora.

La ciudad, debido a la falta de lluvias, estaba cubierta por una capa de color terroso que la débil brisa que soplaba en esos momentos no alcanzaba a limpiar. Yo me detenía con frecuencia para realizar algún bosquejo y tomar notas, quería dejar constancia de todo. De sus casas, de las vestimentas de sus habitantes, de la disposición de sus amplias avenidas, del colorido de sus toldos, que contrastaba con la realidad que se escondía en los rincones.

Las casas estaban hechas de ladrillos de abobe secados al sol. Muchas viviendas aún conservaban pinturas murales con motivos relativos al Sol y a la Luna, pero la gran mayoría tenía los techos de paja quemados y los muros destruidos.

Las calles eran anchas y bien diagramadas y las casas poseían jardines que, se me antojaba, debían haber estado muy cuidados aunque ahora se veían pisoteados y secos.

Casi al mediodía, nos encontramos con Pedro que venía en dirección contraria con un par de soldados. Al vernos se acercó a mí, me tomó por un brazo y me arrastró un par de metros y luego, en voz baja, me dijo, señalando hacia un edificio custodiado por dos soldados españoles:

—Allí, el oro llega casi hasta el techo...

—¿Cómo lo sabes?

— Lo sabe todo el mundo, menos tú. El cacique de Túmbez, Chilimisa, ofreció gran parte como presente de paz...

—¿Y el resto?

—El resto es el botín que consiguió Pizarro de los enfrentamientos con otras tribus indígenas. Supongo que un quinto será enviado a la corona de Castilla. De lo que quede, cada uno de nosotros recibirá una parte.

Illencka se había acercado a mi lado sin pronunciar palabra. A pesar de que Pedro había hablado en voz baja, yo estaba seguro de que nada había escapado al oído atento de la chiquilla.

Deseé que no me preguntara nada y no lo hizo.

* * *

En Túmbez estuvimos por espacio de dos meses, el tiempo que nos llevó hacer los preparativos para la larga marcha hacia Cajamarca, donde se encontraba AtaHuallpa, que, según noticias recibidas, sabía de nuestra presencia en el continente y había amenazado a las tribus que se atrevieran a prestarnos ayuda, por lo que temíamos que nuestro viaje fuera a estar plagado de peligros y contratiempos.

Durante aquellos meses, la actividad en la ciudad fue febril. Hubo que repartir nuevas armas y reparar otras, ya que muchas de ellas se habían perdido en las batallas o habían sido robadas por los indígenas durante los enfrentamientos, sobre todo mosquetes, ballestas y arcabuces.

Un día, por la mañana temprano, en que me encontraba en la plaza donde se aprestaban los soldados y se probaban las armas, llegó Illencka y, al ver tal despliegue de armamento, su carita se puso terriblemente seria. Si bien hasta ahora conocía nuestras armas, ésta era la primera vez que las veía en funcionamiento, y el gesto de su rostro estaba cercano al terror.

No obstante se acercó a mí y, prendiéndose de mi mano, trató de no demostrar miedo, aunque a cada disparo de mosquete o de arcabuz su pequeña mano se estremecía en la mía.

* * *

Una mañana en que salía de mi vivienda, la vi hablando con dos indígenas quienes, me pareció, eran extraños a la región. Estaban ricamente vestidos, en especial me llamó la atención un peto o gorguera que lucía uno de ellos, en apariencia el más importante, hecho de pequeñas piezas de oro que le cubría el pecho hasta más abajo de las tetillas. Ambos indígenas llevaban abundantes brazaletes de oro, con incrustaciones de jade y, en las orejas, pesados pendientes del mismo material.

En ese momento, Pizarro se acercó al grupo y pidió a la niña que le tradujese lo que aquella gente decía.

En el preciso instante en que me acercaba, vi a Pedro acercándose a Pizarro, que escuchaba lo que traducía Illencka con gesto de honda preocupación.

—Apo —decía Illencka—, quieren que acudas en ayuda de su gran soberano, que está hacia el sur y que ha sido amenazado por su hermano rebelde en el norte.

Aquellos indígenas eran una embajada enviada por el Inca Huáscar, señor de Cuzco, que nos advertía en contra de AtaHuallpa y nos pedía ayuda.

Pedro, al verme, se dirigió a mí y me dijo que Pizarro estaba en la duda. No sabía a cuál de los dos soberanos ayudar, a AtaHuallpa, al norte o a Huáscar, en el sur.

—Pizarro no quiere tomarse la situación a la ligera. Huáscar es el legítimo heredero, pero AtaHuallpa es más poderoso —agregó.

—¿Qué crees que hará?

—No lo sé, supongo que lo consultará primero con Hernando de Soto. Tiene plena confianza en él.

—¿Crees que AtaHuallpa querrá atacarnos? —le pregunté sinceramente preocupado.

Pedro se mesó su generosa barba y dijo:

—Como querer, es seguro que quiere, la cuestión es si se animará. No te olvides de que de nosotros sólo tiene noticias. Aún no nos ha visto. No creo que le haga mucha gracia la presencia de los caballos ni nuestras armas de fuego. Supongo que estará en la duda, igual que nosotros.

En esos momentos, el gobernador Pizarro, habiendo concluido la conversación, se dio la vuelta y, al vernos, nos llamó con un gesto de su mano, mientras Illencka se mantenía apartada, sin perdernos de vista.

Seguimos a Pizarro adentro de la vivienda de adobe que le servía de cuartel. Allí nos expuso la situación, ante la presencia de sus capitanes que acababan de entrar, y nos dijo que pensaría algunos días sobre el camino a seguir y que tuviéramos todo preparado para partir en cualquier momento. Cuando ya nos retirábamos, Pizarro me llamó y mientras jugueteaba nerviosamente con una esmeralda del tamaño de un huevo de paloma que le había regalado uno de los caciques, me dijo:

—Fernando, quiero que vayas hasta el depósito que está en la plaza, donde hemos almacenado el oro. Haz un informe detallado de todo lo que allí veas. Haz dibujos, croquis o como los llamas tú, pero quiero que todo quede registrado. Dile a Pedro que te acompañe. Luego, entrégale tus informes a Riquelme, nuestro tesorero.

Salí de allí pensando en pedirle ayuda a Illencka ya que ella podía ayudarme en la identificación del tipo de piezas que allí se almacenaban. Estaba en la puerta, esperándome, mientras jugaba con un cuzquito de pelaje marrón y blanco, con una mancha oscura en el ojo izquierdo, inquieto y ladrador.

—Illencka, ven, vamos a buscar a Pedro —la llamé.

Se puso a mi lado tratando de llevar el ritmo de mis pasos, mientras el perro saltaba tras ella, negándose a renunciar al juego.

—¿Adónde iremos después? —me preguntó.

—Tengo que tomar nota de todo el oro que hay en el almacén.

—¿Y por qué no lo hace el Apo Pizarro?

—Porque él no sabe escribir.

Illencka me miró con extrañeza. Pareció que iba a decir algo, pero luego calló. Al cabo de un momento, me volvió a preguntar:

—¿Y luego, qué harán con el oro?

—Se pagarán gastos y sueldos y una parte será enviada a España.

—¿Para tu dios?

Reí. Illencka seguía sorprendiéndome con sus preguntas.

—No, para el Rey.

—¿Tu Rey es como el Inca, entonces?

—Algo así —respondí.

A lo lejos, divisé a Pedro, tratando de sofrenar un caballo negro algo díscolo. Al acercarme comprobé que se trataba del caballo de Hernando de Soto, un bellísimo animal capaz de realizar las cabriolas más increíbles. Cada vez que

Soto lo montaba, el espectáculo estaba servido, ya que Hernando era un excelente jinete y sabía cómo lucirse y cómo hacer lucir a la relumbrante bestia.

Como a Illencka le hacía gracia ver al gigantón tratado como si fuera un pelele por el brioso animal, evité llamarlo para no distraerlo de su tarea, la cual no le estaba resultando nada fácil a juzgar por las coces que le tiraba el caballo y la cara sudorosa y roja de mi amigo que no paraba de decir improperios. Por supuesto, el espectáculo no había dejado indiferentes a soldados e indígenas de la ciudad que se habían reunido haciendo una rueda y animaban a Pedro en su odisea de recuperar al animal y devolverlo a la caballeriza de la cual se había escapado. Finalmente, mi amigo terminó en el suelo, ante una embestida del bruto que, luego de eso, se serenó totalmente y se puso a beber agua en un abrevadero, ignorando por completo a su verdugo. Mientras Pedro se levantaba, Hernando, que en ese momento salía de una de las viviendas, silbó y el caballo se le acercó mansamente, ante las risotadas de toda la soldadesca.

—¡Pedro! —le llamé al ver que emprendía la marcha hacia el lado contrario, con gesto furibundo.

Sacudiéndose la ropa, se volvió y, al verme, se detuvo y su rostro se serenó un poco. Las rabietas de Pedro duraban tanto como un suspiro. Era impulsivo y vanidoso, pero tenía un gran corazón, noble y generoso.

—¿Qué hay, Espárrago? —me saludó y luego, al ver a Illencka, intentó hacer una reverencia, pero su dolorida espalda lo hizo desistir.

—Pizarro me ha encargado que haga un inventario del oro del depósito. Ordenó que me acompañaras —le dije.

La idea le iluminó el rostro. Otra cosa que tenía mi amigo en contra era la tremenda curiosidad que, a veces, le hacía asemejarse a una vieja cotilla. Le encantaba enterarse de todo y si ese todo era el oro del botín, con mucha más razón.

Contento como unas Pascuas, me tomó del brazo y me arrastró hacia el depósito mientras Illencka corría para alcanzarnos.

—¿Sabías que al hermano de Pizarro, Hernando, le han matado el caballo durante una refriega con los indígenas? —me dijo durante el trayecto.

—No, no lo sabía, es una pena. Era un animal magnífico. Hernando lo echará de menos.

—Sí, y además —bajó la voz con la clara intención de que Illencka no escuchara— lo enterró durante la noche, a solas con Pizarro, para que los indígenas no lo vieran muerto. Ellos creen que nuestros caballos son inmortales…

—¿Y no lo son? —preguntó Illencka detrás de él y Pedro la fulminó con la mirada.

* * *

El depósito no era demasiado grande, pero lo que allí había nos dejó sin habla a Pedro y a mí, ya que Illencka no pareció sorprenderse demasiado.

Desparramados por todas partes, había objetos de oro y plata de la más diversa índole. Ánforas o aryballes, tazas, platos, vasos funerarios, máscaras, tocados, escudos, joyas, estatuillas, muchas de ellas de jade. Ponchos y cinturones ricamente bordados con hilos de oro y plata, tejidos de lana de vicuña, tocados repujados en oro y pedrería, y keros –cubiletes de madera con incrustaciones de oro y plata– representando escenas de la vida señorial, motivos bastante comunes en aquellas piezas, ya que todos estos objetos no procedían del pueblo sino de la clase dirigente. Las vasijas mayores estaban decoradas con las figuras del Sol y la Luna o con dibujos geométricos. Muchas de ellas tenían grabados unos extraños jeroglíficos, llamados tocapus, semejantes a una escritura. Pedro movía los objetos más pesados de un lado a otro para ayudarme en mi trabajo de reproducirlos sobre el papel, tarea que me resultó bastante engorrosa, ya que eran muchos los detalles a copiar, si bien esto lo hacía más por placer que por requerimiento de Pizarro, a quien sólo le interesaba la cantidad, tamaño y peso de las piezas, porque la gran mayoría de aquel tesoro estaba destinado a la fundición y sólo se salvarían algunas de ellas, especialmente exquisitas, que serían enviadas como regalo a nuestro rey Carlos V.

Illencka, en tanto, reconocía los distintos objetos y me iba explicando qué representaban los grabados que contenían.

—Mira, Fernando —me dijo acercándose a un escudo de oro macizo donde estaba grabada la figura del Sol, Inti, con cara de hombre barbado—, éste es Viracocha, nuestro dios, representado por el Sol.

—¿Qué lleva en sus manos? —le pregunté.

—Tres huevos. El primero es de oro, de donde nacieron los curacas, los jefes y los nobles. El segundo es de plata, de allí nacieron las mujeres de los curacas; y del tercero que era de cobre, nacieron los hombres y las mujeres del pueblo, los hatun runa.

—¿Qué diablos son los curacas? —preguntó Pedro con una máscara de oro en la mano.

—No son "diablos" —contestó Illencka, molesta por los modales de mi amigo—, son ancianos muy sabios que gobiernan los ayllus que, supongo, tampoco sabrás qué "diablos" significa. Pues escucha y aprende. Es el lugar donde viven muchas familias que trabajan conjuntamente. Construimos, cosechamos y traemos agua siempre en grupo. Eso es un ayllu. Los viejos dicen: se vive y se muere en un ayllu. ¿Lo has entendido? —preguntó por fin, sin mirar a Pedro que se había puesto rojo como la grana y murmuraba por lo bajo.

Me reí con ganas mientras Illencka se acercaba a un rincón de la habitación que estaba en penumbras. Allí se detuvo y se quedó inmóvil mirando fijamente lo que parecía ser un jaguar agazapado, de oro macizo. Me acerqué a ella, movido por la curiosidad ante su actitud. Ella se arrodilló frente al felino lo que me permitió verlo algo más en detalle, aunque la zona no estaba demasiado iluminada. Medía aproximadamente un metro de largo por medio metro de alto y era una escultura magnífica. El jaguar tenía las fauces abiertas; en la parte superior de la cabeza asomaba un grupo de pequeñas serpientes y en sus garras, un Sol y una Luna. El Sol tenía pico de cóndor y la Luna encerraba un pez.

Iba a pedirle a Illencka que se moviera un poco para así facilitarme la tarea de dibujarlo cuando el jaguar comenzó a despedir una extraña luminosidad.

—Pedro… —dije en voz baja, previendo algo misterioso que no alcanzaba a comprender. A raíz de haber hablado en un tono tan bajo, mi amigo no me escuchó y siguió enfrascado en su tarea. Quise volver a llamarle, pero al ver que el particular fenómeno se intensificaba, quedé paralizado sin poder articular palabra, mientras no quitaba la vista de la figura del jaguar y de la niña, arrodillada frente a él.

La luminosidad había ido, poco a poco, aumentando. Los ojos del felino, que eran de jade, despedían una maravillosa luz verde. Miraban a Illencka. De repente, y antes de que pudiera reaccionar, el jaguar cobró vida y saltó por arriba de ella, desapareciendo por una pequeña ventana que estaba sobre una pared lateral.

En el aire quedó flotando el eco de un espeluznante rugido.

LA CAMPANA DE SAN MIGUEL

Después de unos días de reflexión, Pizarro consideró que lo más conveniente era partir rumbo a Piura para, desde allí, evaluar nuevamente la situación y, en la medida de lo posible, averiguar las intenciones de AtaHuallpa, ya que quería estar prevenido al respecto.

Cuando todo estuvo listo, partimos hacia el sur, en una mañana fría y neblinosa. Era el 1 de mayo de 1532. Illencka había aceptado montar sobre mi caballo, a mis espaldas, no sin bastantes reparos, aunque luego se mostraría feliz de su propia audacia. El estado general de todos era el de incertidumbre ya que no conocíamos los caminos y nuestro mayor miedo era lo abrupto del terreno que podía resultar peligroso porque los caballos no se desempeñaban bien en superficies pedregosas y resbaladizas. Illencka, conocedora de la vía de los Incas, que nos conduciría primero hasta Piura y luego hacia Cajamarca, nos tranquilizó al respecto, diciéndonos que las rutas estaban muy bien construidas, que así debía ser porque eran utilizadas por los chasquis que llevaban y traían mensajes. Al Inca le gustaba estar bien informado.

Los chasquis corrían a gran velocidad y sólo se detenían después de ser reemplazados, en plena carrera, por otros chasquis que continuaban el trayecto. Eran elegidos entre los mejores corredores del imperio y debían montar guardia de día y de noche en pequeñas casetas, ubicadas cada 3 o 4 kilómetros hasta que un sonido de trompa les anunciaba la llegada del compañero que traía el mensaje. El que esperaba corría al lado del recién llegado mientras éste le dictaba la noticia, luego continuaba corriendo solo hasta ser reemplazado a su vez, muchos kilómetros más adelante.

En el Perú, las noticias, en verdad, volaban.

Efectivamente, poco después de la partida de Túmbez y ya adentrados en el itinerario, nos encontramos con la grata sorpresa de que las calzadas que atravesaban las zonas costeñas estaban muy cuidadas y nos facilitaron la marcha, de manera que pronto tuvimos acceso a distintas poblaciones.

La zona tenía valles formados por los ríos que descienden desde la cordillera, verdaderos oasis, pero entre valle y valle el terreno era sumamente áspero e improductivo. Por todas partes nos encontrábamos con indígenas trabajando en tareas agrícolas. Grandes extensiones de cultivo, principalmente de maíz, cubrían las llanuras. El maíz o sara era el alimento principal y, en base a él, preparaban suculentos platos que en varias oportunidades habíamos tenido ocasión de probar, ya que muchas de aquellas poblaciones se mostraban amigables y trataban de agasajarnos de cualquier manera, probablemente para congraciarse con nosotros y evitar un enfrentamiento. Aquel alimento nos sabía a gloria, máxime en comparación con nuestra dieta, hecha de pescado y carne seca. También con el maíz elaboraban una bebida, producto de su fermentación, llamada chicha, demasiado fuerte para mí, no así para Pedro que siempre que podía solicitaba ser invitado a beberla.

* * *

Una mañana se acercó Pedro hasta mi tienda con dos extraños objetos en la mano:

—Mira, pequeñajo —me dijo—, ¿sabes que son?

Miré con atención lo que mi amigo portaba en las palmas de sus manos. Uno de ellos, redondo, brillante, aromático, de un rojo atractivo, parecía ser un fruto. El otro era de mayor tamaño y alargado, marrón-grisáceo, con restos de tierra, de aspecto desagradable y sin olor alguno.

—¿Qué son? —pregunté curioso.

—Esto es un tomate y esto otro una papa... Parece que se comen —me dijo, no muy convencido.

—¿Crudos?

—El "tomate" sí, la "papa" la cuecen...

—¿A qué saben?

—A nada... Comer esto es como chupar un palo... ¿Los llevaremos a España?

—Supongo…

—No les veo mucho futuro… —me dijo lacónicamente.

* * *

En todas partes nuestras presencias causaban desasosiego y temor. Algunos de los pueblos que atravesábamos nos miraban de manera hostil aunque no se animaban a atacarnos.

Más de una vez trataba de verme con los ojos de ellos y así lograba comprender, en parte, su terror. Nuestra piel blanca, nuestras abundantes barbas y nuestras oscuras armaduras de cuero y metal, sin olvidar los cascos –los llamaban chucos y era hacia donde primero dirigían sus miradas, después de aterrorizarse con la presencia de los caballos– no era una visión que llamara a sosiego. La confianza que nos daba nuestra propia presencia lograba tranquilizarnos en parte. No obstante, permanecíamos alerta de día y de noche, cuando hacíamos un alto para descansar.

* * *

Dieciséis días después, llegamos a Poechos y allí nos asentamos.

El valle era muy fértil y nos sorprendieron los andenes de cultivo, esto es, veredas horizontales, muy anchas, labradas en las paredes de las sierras, una debajo de otra, beneficiándose todas por un ingenioso sistema de riego. Para evitar el derrumbe, las paredes verticales estaban revestidas con piedras, formando verdaderos muros de sostenimiento. Daban a las montañas aspecto de inmensas escaleras.

Poechos estaba bastante poblado y ofrecía excelentes condiciones para fundar allí un pueblo de españoles, para así tomar posesión legítima en nombre de Carlos V. (Una de las exigencias que se le había hecho a Pizarro para permitirle ir al Nuevo Mundo era la de fundar y poblar ciudades en nombre de Su Majestad).

El lugar era ideal, con un puerto de fácil acceso, aunque Pizarro temía no contar con el beneplácito de los lugareños. No obstante, después de un tiempo prudencial, se logró fundar la ciudad de San Miguel, en las tierras del señor de Tangarara y con la bendición de fray Vicente Valverde, padre dominico.

Se repartieron las tierras entre los españoles que allí quedarían y se levantaron algunas edificaciones, entre ellas, una iglesia de adobe y piedra que fue nuestro orgullo. Cuando estuvo concluida —y, coronando la obra después de grandes esfuerzos— logramos subir al campanario la pesada campana de hierro, obra de Pablo de San José y Armando Castillejos, maestros fundidores que sonrieron con humildad al recibir nuestras cálidas felicitaciones. Para colocarla en su lugar contamos con la ayuda inapreciable de los indígenas del lugar. Se necesitaron más de cien de ellos para subirla por un complicado sistema de andamiaje, poleas y gruesísimas cuerdas. También se utilizó la fuerza de los caballos que aligeraron, en gran parte, el esfuerzo sobrehumano de los hombres.

Una vez colocada en lo alto del campanario, fray Valverde la hizo tañer. Las campanadas se dispersaron por el aire hacia todos los confines y causaron perplejidad en los nativos. Todos los españoles que rodeábamos la plaza de la iglesia nos estremecimos con aquel sonido hueco y dilatado, que solíamos escuchar tan a menudo en nuestras tierras castellanas, pero que nunca había logrado conmovernos como ahora. Sentí un nudo en mi garganta y el silencio de mis compañeros me hizo saber que también ellos estaban presos del mismo sentimiento.

—Fernando —me preguntó Illencka, acercándose a mí, una vez cesados los últimos tañidos—, ¿quién vivirá allí?

—Esencialmente, Dios, ésa es su casa. Pero quedarán algunos frailes para cuidar de ella y enseñarles a las gentes de aquí nuestra religión.

—Entonces, es algo así como nuestros templos del Sol…

—Algo parecido…

Quedó callada mientras siguió observando, pensativa, la iglesia.

—¿Sabes qué estoy pensando, Fernando Espárrago?

—Dime…

—Que la próxima iglesia la levantéis al lado de uno de nuestros templos, así tu dios y el mío serán vecinos y podrán conocerse…

Me miraba con su blanca sonrisa y yo me guardé la respuesta que no tenía para otra ocasión.

* * *

En los días siguientes se procedió al nombramiento de los cargos que estarían al frente de la nueva ciudad. Unos 50 españoles, en total, quedarían establecidos en los solares que se les había otorgado con algunos indígenas que estarían al servicio de los mismos. También se procedió a fundir el oro del botín, se separó el quinto real para la Corona de Castilla y con el resto se pagaron gastos y sueldos, enviando una parte muy importante a Panamá, donde se encontraba Diego de Almagro con sus hombres. Pizarro quería, de esta manera, animarlo a que se nos uniera. Realizados todos estos trámites, ya no había impedimento para continuar nuestra marcha hacia Cajamarca.

Habíamos cumplido con nuestro Rey.

A Hernando de Soto, Pizarro le entregó un feudo que abarcaba hasta las tierras de Túmbez, quizás para paliar en algo la promesa incumplida de nombrarlo su lugarteniente, cargo que Pizarro había entregado a su hermano Hernando, después de habérselo prometido a él.

De todas maneras, Hernando de Soto jamás volvería a pisar las tierras de su pequeño feudo.

TAHUANTINSUYU

Así fue como, a finales de septiembre de 1532, partimos de San Miguel y nos internamos en el corazón del Tahuantinsuyu, país fabuloso al que nosotros llamábamos el Perú.

Éramos en total ciento sesenta y cuatro hombres, sesenta y dos de los cuales íbamos a caballo, el resto a pie. Entre ellos, veinte eran expertos ballesteros.

A medida que íbamos avanzando, nos maravillaba cada vez más el paisaje y la manera en cómo el hombre lo había modelado a su conveniencia. No sólo los llamados caminos reales del Inca estaban en óptimas condiciones, sino también los caminos secundarios. Por todas partes era evidente la gran riqueza de la zona.

En un principio avanzamos por la calzada de la costa, hasta llegar a Piura, muy cercana a San Miguel. Allí nos detuvimos algunos días y fue allí donde recibimos la visita de un Orejón, noble cuzqueño, a quienes llamábamos así debido a los pesados adornos que llevaban en las orejas y que les deformaban el lóbulo. Si bien este Orejón no venía en misión oficial, era evidente que venía a espiarnos para saber hasta qué punto éramos poderosos. El cacique de Piura nos comunicó que lo había enviado AtaHuallpa. Esto inquietó a Pizarro, y mucho más se inquietó al saber lo que Illencka nos dijo una tarde en que estábamos reunidos en la amplia vivienda que nos servía de fortín.

—Pasa, Illencka —dijo Pizarro, aquella tarde, al ver a la niña parada en el vano de la puerta sin animarse a entrar.

Al notar su carita preocupada, Pizarro la instó a hablar.

—Apo, no te va a gustar lo que voy a decirte…

—¿Por qué? ¿Tan malo es? —rió Pizarro, acariciándose la barba.

Illencka tironeó de la punta de sus trenzas y dijo:

—Ahorita nomás he escuchado lo que el Orejón le va a decir al Inca, cuando se vaya de aquí…

Pizarro dejó de sonreír y, con gesto de interés, preguntó:

—¿Y qué es lo que le va a decir?

Illencka parecía reacia a hablar. Estaba incómoda. Al final, dijo:

—Dice que los españoles son groseros y de malas formas, violentos y peligrosos, pero que AtaHuallpa podrá acabar con ellos…

En la estancia se hizo un hondo silencio. Pizarro, evidentemente preocupado, se puso de pie y comenzó a recorrer la estancia, con gesto adusto. El tintineo de sus espuelas acompañaba sus pasos lentos y pausados.

Finalmente se detuvo y mirándonos, nos dijo:

—Esto cambia las cosas. Si AtaHuallpa va a estar tan informado con respecto a nosotros, es necesario que nosotros lo estemos con respecto a él.

—Podemos tomar prisionero al Orejón, así AtaHuallpa no podrá ser informado —dijo, drástico, Hernando de Soto.

—No, eso sería una abierta declaración de guerra. Sabemos que su ejército es muy poderoso y son miles, nosotros somos poco más de cien. Ni aún con nuestras armas de fuego lograríamos vencerlo.

—Creo —dijo Pedro Cataño— que lo mejor será seguir avanzando como si no nos preocupara su poderío… y estar atentos a las próximas noticias que recibamos.

—Sí —corroboró Pizarro—, mañana partiremos continuando nuestra ruta. Mientras tanto, esperaremos que Diego de Almagro llegue desde Panamá con refuerzos.

A la mañana siguiente, partimos muy temprano y casi al atardecer llegábamos al pueblo de Zarán. Allí recibimos las primeras noticias sobre la ventaja que AtaHuallpa estaba obteniendo sobre su hermano Huáscar.

* * *

Illencka, al no despertar sospechas, fue la que recogió todo lo que se decía en el pueblo y así supimos que cerca de Zarán había una ciudad que estaba algo más al norte, llamada Caxas y en la cual, según la niña, había un poderoso ejército de AtaHuallpa, quien había dejado allí parte de sus guarniciones mientras él avanzaba sobre el valle de Huamachuco a enfrentarse con el ejército de su hermano Huáscar. Era una oportunidad perfecta para conocer las fuerzas con que contaba el Inca, antes de verlo personalmente. Debíamos ir con precaución ya que no conocíamos el terreno ni a los pobladores de la región. Si bien muchos de aquellos pueblos odiaban a AtaHuallpa por el terror que les inspiraba y el sometimiento de que eran objeto, otros le eran fieles y, aún respetando nuestro poderío, podían atacarnos para congraciarse con el Inca.

Conocedor de la situación, Pizarro no quiso arriesgar todo el ejército y encomendó a Soto que se dirigiera a Caxas para averiguar todo lo posible sobre las guarniciones que allí había.

La misión encomendada a Soto era sumamente difícil ya que, según los indígenas que nos acompañaban, las asperezas de la sierra harían casi inaccesible la llegada a Caxas, situada más allá de las montañas. Además, los caballos no eran los animales más apropiados para aquel terreno, rocoso y resbaladizo, pero no podíamos prescindir de ellos desde ningún punto de vista, de manera que, dispuestos a todo, nos preparamos para la partida.

Pizarro me había llamado para ordenarme ir junto a Soto y hacer un relevamiento preciso de la ruta y una descripción detallada de las fuerzas del Inca; por supuesto, Illencka vendría con nosotros, ya que era la más capacitada para reconocer el difícil terreno. También Pedro se sumaría al grupo, por su gran amistad con Soto y la enorme confianza que éste tenía en él.

Seríamos en total cuarenta jinetes. Pizarro quedaría atrincherado en Zarán con ciento dos hombres a pie y veintidós a caballo, a la espera de nuestras noticias.

Y un amanecer partimos rumbo a la desconocida Caxas. Illencka, a mis espaldas, cabalgó la primera hora totalmente dormida, despertó cuando el sol ya había levantado su cara sobre el horizonte. El terreno era verdaderamente difícil y la ruta nos llevaba cada vez más hacia arriba, hacia las blancas cumbres de la cordillera.

A medida que fuimos ascendiendo, el aire se hizo más irrespirable y la temperatura comenzó a descender. A muchos de nosotros nos costaba respirar, no así a Illencka ni al resto de los indígenas, acostumbrados a aquellas alturas.

Los caballos avanzaban con dificultad. También las pobres bestias comenzaron a respirar con dificultad y algunos decidimos seguir de a pie, para no cargarlos demasiado y facilitarles el avance.

Las armaduras se volvieron incómodas y algunos se las quitaron, lo cual era un gran riesgo en caso de ataque.

Illencka, notando que yo avanzaba lastimosamente debido al mareo y al cansancio, extrajo de su chuspa un manojito de hierbas y me las dio a masticar.

—No las tragues, sólo mastica, te sentirás mejor.

Efectivamente, a los pocos minutos comencé a sentirme mucho mejor aunque el frío aún me hacía tiritar. Pedro, más fuerte que yo, rechazó las hierbas de Illencka diciendo que ésas eran "cosas de niña".

Yo no tenía suficientes fuerzas como para arrojarlo barranca abajo, si no lo hubiera hecho con mucho gusto.

Aunque la geografía era sumamente difícil y casi inaccesible, Hernando de Soto nos guiaba con precisión, valiéndose de la experiencia de dos indígenas leales que conocían la región tanto o más que Illencka.

A nuestro alrededor el paisaje se deslizaba en silencio. El viento ululaba entre las altas cumbres y la puna nos envolvía con toda su aterradora magnificencia. A pesar de las extremas condiciones en que nos movíamos, de vez en cuando nos deteníamos para darnos un respiro y admirar el laberinto de valles y montañas que se extendía hasta donde alcanzaba nuestra vista.

*   *   *

Illencka, montada en mi grupa, cantaba sus canciones que parecían hundirse en los abismos y remontarse a las alturas, volando junto al cóndor. Aquellas canciones lograban serenarnos.

También solía pedirme que le cantara canciones de mi tierra. Aunque mi voz no era tan buena como la suya, nunca me faltaba ánimo para hacerlo, aunque en más de una oportunidad lograban devolverme de tal manera a los míos, que solían volverme melancólico. Era entonces cuando tomaba plena conciencia de nuestro desamparo en aquellas tierras tan lejanas de las nuestras y de los verdaderos propósitos que hacia allí me habían conducido. Mi cabeza era un hervidero de preguntas que no solían tener respuesta.

Echaba de menos los secos campos de Castilla, con su áspero clima amarillo. Mi ciudad adoptiva: Toledo, con su magnífica catedral, sus callecitas tortuosas y el canto de las mujeres cuando se dirigían al río a lavar la ropa.

Pedro, al verme en aquellos momentos de aflicción, solía acercarse a mi lado y, pegando su caballo al mío, me pedía que le mostrara los últimos dibujos o que le enseñara algunas palabras en quechua, todo ello con intención de levantarme el ánimo ya que bendita la gracia que le hacía tenerme como maestro de nada. De todas maneras, su carácter explosivo terminaba por hacerme reír y creo que nunca llegué a agradecérselo lo suficiente.

* * *

Debido a lo lento de nuestro avance, tardamos varios días en llegar a pesar de que agotábamos las jornadas hasta bien entrada la noche, en que nos deteníamos para descansar y reponer fuerzas.

Una noche, acampamos en uno de los valles al reparo del intenso viento de la puna. Illencka y yo jugábamos al ajedrez, juego que la divertía muchísimo desde que se lo había enseñado. Lo había aprendido rápidamente, tan rápidamente que le había ganado a Pedro varias partidas y, desde entonces, mi amigo se negaba a jugar con ella.

En ese momento me pareció oír unas pisadas muy leves sobre la roca que estaba a nuestras espaldas. Sobresaltado, me di la vuelta y vi un animal que me pareció un lobo o un perro, pero de aspecto mucho más desgarbado.

—Es un guará —me dijo Illencka—, no es peligroso.

Y palmeó sus manos. El animal, con el rabo entre las patas, huyó como alma que lleva el diablo. Debido a sus larguísimas extremidades corría de manera tan desordenada que Illencka rompió a reír de tal manera que pensé que le iba a dar un ataque.

Cuando se serenó, me dijo que el guará le había hecho recordar a su querido maestro, Manco Huillca, cuando corría tras los alumnos que se negaban a obedecerlo.

—Mi maestro tiene el pelo como el guará, erizado, y se le eriza mucho más cuando está furioso, aunque rara vez sucede. Es muy sabio. Él me contó que Manco Capac, hijo de Viracocha, fundó Cuzco, donde yo nací, en el sitio en que hundió su bastón de oro en la tierra y se transformó en un árbol florecido. ¿Cómo se llama tu ciudad?

—¿Mi ciudad?

—Sí, la ciudad donde naciste.

—Jerez de los Caballeros. Aunque sólo estuve en ella hasta los cinco años, luego me llevaron a Toledo, en Castilla, para poder estudiar.

—¿Cuánto hace que naciste, Fernando Espárrago?

—28 años.

—Eres casi tan viejo como mi hermano Yachay. ¿Por eso perdiste el color?

Reí de buena gana.

—No, no perdí el color. Nunca lo tuve.

—¿Siempre fuiste así, claro como la luna? —me preguntó mientras me indagaba con sus ojos siempre asombrados.

—Sí, siempre. Claro como la luna…

Levantó lentamente un peón del tablero y sin llegar a colocarlo en ninguna casilla, dijo sin mirarme:

—¿Sabes, Fernando Espárrago, que cuando vosotros llegasteis aquí, a mi tierra, los mayores creyeron que erais dioses?

—Sí, ya lo sabía. Y algunos aún lo creen.

—Cuando vi a Pedro por primera vez, me asusté, creí que era Viracocha. Pero no es Viracocha, él no jugaría tan mal al ajedrez.

Y colocó su peón comiéndose uno de los míos.

Calculando los peligros del terreno en que me estaba metiendo, le pregunté:

—Illencka, ¿sabes por qué hemos venido a tu tierra?

—¿A descubrirnos?

—No, en serio…

Ella se apartó del tablero, se arrebujó en su manta y fijando su mirada en las altas cumbres que dormían silenciosas, cubiertas por un negrísimo cielo henchido de estrellas, me dijo:

—Primero pensé que era porque queríais conocernos, pero ahorita sé que es para que nosotros os conozcamos.

—No te entiendo…

—Conocemos vuestro dios, vuestras armas, vuestra lengua, vuestro poder. ¿Conoce el Apo nuestro dios, nuestras escuelas, nuestra lengua, nuestras costumbres?

—Bueno…

—Sólo los que son como tú conocen todo eso, los demás no. Ellos ven fuera de nosotros, dentro no nos ven.

Me callé, entonces, y por un tiempo que se me antojó larguísimo no intercambiamos palabra; luego rompió el silencio para decir:

—Por eso siempre estoy contándote cosas de aquí, para que cuando vuelvas a Castilla puedas decir: allí, en el Tahuantinsuyu, atravesando las grandes aguas, hay una niña Illencka que me dijo cómo nació Cuzco, una poderosa ciudad llena de jardines y casas y templos muy altos, cómo nacieron el Sol y la Luna, y los hombres y las mujeres que tienen la piel más oscura y los ojos negros y no han perdido el color, y cómo nacieron el puma y las altas cumbres por donde vuela el cóndor. Y juntos vimos que las selvas tienen bellos pájaros y guarás que hacen reír y pueden subir a las montañas. Y allí, en el Tahuantinsuyu, oí cómo el viento pasa cantando con su voz ronca, y vi cómo el paisaje está quieto y parece dormido y los ríos bajan de las montañas y dan de beber a los valles y a los hombres y mujeres que trabajan la tierra. Y también vi, en el Tahuantinsuyu, terrazas donde se cultiva el maíz, y la niña Illencka, que aún espanta las aves, pronto llevará rebaños de llamas y guanacos, y sabe muchas lenguas y me contó cómo en el Tahuantinsuyu hay artesanos como su hermano Yachay, que hace bonitas vasijas de barro y trabaja como ninguno el metal del Sol y la Luna. Y allí, en el Tahuantinsuyu, hay grandes escuelas donde los haravicus y amautas enseñan poesía y la historia de sus antepasados y la lengua quechua, para que todos se entiendan. Y también vi que allí, en el Tahuantinsuyu, hay grandes ciudades y anchos caminos por donde anduvimos con nuestros caballos y nuestras armaduras que brillan, y subimos muy arriba, hasta donde duermen las nubes, y Pedro no quería masticar las hierbas de la niña Illencka aunque el aire no entraba en él... ¿Dirás todo esto, al llegar a tu tierra?

—Sí, Illencka, todo eso y mucho, mucho más.

—¿Nos dormimos ahorita, Fernando?

—Hasta mañana, Illencka.

—Hasta mañana, Fernando Espárrago.

Caxas

A la mañana siguiente nos pusimos en marcha. Soplaba un viento helado que nos golpeaba en el rostro como cuchillos afilados. Anduvimos varias horas y, cerca ya del mediodía, Illencka me dijo:

—Detrás de aquella cumbre está Caxas.

Efectivamente, dos horas después avistamos la ciudad, ubicada en un valle, metros más abajo.

Descendimos con bastante dificultad tratando de no ser vistos, aunque debíamos ofrecer un blanco perfecto.

Poco después, entrábamos a la ciudad de Caxas por una amplia calzada, por donde podíamos ir seis jinetes sin tocarnos. Aquel camino real estaba construido con grandes losas de piedra y, a ambos lados, corría un canal de agua paralelo. Fuimos recorriendo aquella calzada ante el espanto y el estupor de la población. A pesar de estar fuertemente armados, se limitaron a vernos pasar, ante el temor que les producían aquellos hombres vestidos de negro y metal, barbudos y montados en fabulosas bestias portando armas insólitas.

Todos nos quedamos maravillados ante la grandeza de la ciudad. No estaba arrasada como Túmbez. Tenía amplias plazas fortificadas, casas perfectamente alineadas que, a diferencia de las de Túmbez, que eran de adobe, estaban construidas en piedra; y fabulosos edificios de enormes dimensiones que nos asombraron por su fantástica arquitectura.

Un capitán de AtaHuallpa se acercó a nosotros con gran desconfianza. Nos brindó algunas palabras de saludo, exentas de amabilidad, y se puso a caminar a nuestro lado, mirando de reojo los movimientos nerviosos de los caballos. Obviamente, nos estaba esperando. Las noticias de nuestra llegada habían cabalgado más rápido que nosotros.

El capitán Hernando de Soto avanzó entre un centenar de guerreros de AtaHuallpa, paralizados por la sorpresa y el terror. Sabiéndose mirado, hizo caracolear a su caballo en varias oportunidades, lo cual aumentó el respeto de aquellas gentes y nuestro propio respeto.

Fuimos adentrándonos en la ciudad hasta que un enorme edificio construido en piedra llamó la atención de Soto y, al preguntarle a Illencka qué era aquello, la niña le dijo que en aquel lugar vivían encerradas quinientas mujeres –acllas o vírgenes del Sol– destinadas a tejer las ropas de los guerreros de AtaHuallpa.

Soto ordenó avanzar hacia el edificio. El capitán de AtaHuallpa, que caminaba a nuestro lado, se limitaba a exponernos la fuerza de la que disponían y la grandiosidad de una ciudad prodigiosa que se encontraba 30 jornadas más al sur. Indudablemente, se refería a Cajamarca. Todo este alarde de poderío y riqueza ofuscó a Soto, quien, confiado en la actitud meramente expectante del capitán y de sus guerreros, tuvo la osadía de ordenar a sus soldados que entraran en aquel recinto sagrado y liberaran a las mujeres para que entraran a su servicio, en un claro gesto de desafío.

—¡No, Apo, no! —gritó Illencka—. ¡Está prohibido!

Soto, sin escucharla, volvió a repetir la orden de abrir las puertas de aquel recinto sagrado y, debido a ese acto imprudente, puso en riesgo la vida de todos nosotros. El capitán de AtaHuallpa dio una orden y un muro de lanzas sostenidas por miles de furiosos guerreros nos interrumpió el paso.

Un silencio pesado se hizo cargo del lugar. La tensión era exasperante; apenas se oía el bufar de algún caballo y el ruido circunstancial de alguna pieza de armadura al golpear contra otra, a raíz de los nerviosos movimientos de los caballos.

El gesto ceñudo y altivo del capitán, enfrentado a la imagen imponente de Soto montado en su espléndido animal, hacía que la situación fuera tan tirante que apenas nos animáramos a respirar.

Illencka, entonces, desmontó de Azulejo y se dirigió al capitán. Al llegar junto a él, le saludó con las palabras consabidas y luego le explicó quiénes éramos, justificando nuestra actitud por el hecho de que no conocíamos sus costumbres. Esto pareció aplacar al furibundo guerrero que luego de un minuto en que pareció evaluar la situación, se acercó a Soto y se ofreció a llevarlo hasta una grandiosa ciudad que se llamaba Huancabamba, a una jornada de allí, para que pudiera apreciar el poderío que ellos tenían.

Soto, receloso, aceptó la oferta no sin antes enviar un mensaje a Pizarro, por medio de uno de los chasquis que nos acompañaban, poniéndole al tanto de las novedades y solicitando instrucciones.

En tanto esperábamos la respuesta de nuestro gobernador, se nos permitió acampar en la amplia plaza de la ciudad, la cual pudimos recorrer sin que nadie nos molestara, aunque siendo acechados todo el tiempo. No se nos consintió, en ningún momento, acercarnos a los lugares sagrados o huacas.

Soto quedó asombrado por la disciplina de aquel ejército y por su magnífico funcionamiento. Los abundantes víveres eran guardados en ordenados depósitos y, gracias a ellos, la tropa estaba perfectamente alimentada.

Illencka y yo, movidos por la curiosidad, nos atrevimos a meternos en lugares insospechados y en todas partes notaba el estupor que mi presencia causaba. Tan sólo se tranquilizaban al ver a mi amiga que, sin ningún empacho, se movía con soltura como si estuviera en su propia ciudad. En realidad, había estado en Caxas sólo un par de veces, con su padre, hacía ya algunos años, pero aún recordaba perfectamente la ubicación de muchas calles.

Recorriendo la ciudad pude comprobar el genio de los arquitectos ya que, para levantar una ciudad en una zona tan rocosa y desnivelada, habían recurrido a escaleras, plazas colgantes, terraplenes y terrazas escalonadas. En muchos casos las edificaciones estaban ensambladas directamente en la roca de la montaña.

Al avanzar por una amplia calle, soleada y tranquila, oímos una voz que llamaba en voz baja. Intrigados, nos detuvimos y al mirar hacia una de las viviendas vimos un anciano que nos hacía gestos con la mano mientras pronunciaba el nombre de Illencka.

Temiendo una trampa, cogí a la niña de un brazo, colocándola tras de mí mientras echaba mano al pomo de la espada, pero Illencka se desprendió de mi mano y corrió hacia el anciano en tanto gritaba su nombre:

—¡Maestro Lachira, maestro Lachira! —y al llegar junto a él se arrojó en sus brazos.

Cruzaron algunas palabras en quechua y luego Illencka me hizo señas para que me acercara.

—Ven, Fernando —y al ver que el anciano me miraba con desconfianza, agregó—, no temas, maestro Lachira, Fernando no es guerrero, hace bellas quellcas sobre papel —y quitándome del cinturón uno de mis cuadernos, lo abrió con gran orgullo y cuidado y le explicó cómo ella había contribuido a identificar a los animales y plantas que allí aparecían. El anciano miró con sumo interés aquel extraño objeto y acarició las hojas, una por una, como si fueran algo frágil o sagrado. Aparte del papel demostró una gran curiosidad por mi escritura. Illencka, al ver la desorientación de su maestro, le dijo:

—Son palabras dibujadas. Así sabe cómo se llama cada animal y cada planta… y cómo somos nosotros.

En esos momentos se oyeron algunos pasos, el anciano miró nerviosamente hacia ambos lados de la calle y luego nos hizo entrar en la vivienda, hecha de piedra, como el resto de la ciudad.

Entramos a una amplia habitación rectangular que poseía muchos nichos cavados en sus paredes, donde proliferaban vasijas de barro, pequeñas estatuillas y diversas piezas de vajilla. En el techo se cruzaban numerosas vigas de madera.

Observé, también, las hermosas prendas tejidas que estaban diseminadas por todas partes. El maestro, al notar mi curiosidad, dijo:

—Son ponchos. Buenos para el frío de la puna y también para la lluvia.

—¿De qué están hechos? —pregunté.

—De lana de vicuña y de llama.

Admiré una vez más el fino tejido y los hermosos dibujos que tenía en los bordes y me acerqué a Illencka y a su maestro, que ya estaban sentados sobre unas esterillas tejidas de vivos colores. Al sentarme junto a ellos, Illencka me explicó:

—El maestro Lachira me dio clases en Cuzco hace algunos años y ahorita está aquí para enseñar el quechua.

El anciano me miró atentamente; en realidad, sentí que estaba grabando en su memoria cada detalle de mi cara. Sus ojos negros, enmarcados en infinitas líneas, destilaban una gran serenidad y sus muchas arrugas hacían semejar su oscura piel a la corteza de árbol. En su boca sin dientes sólo se albergaban las sombras. Debía tener muchos años. Su cuerpo delgado y oscuro estaba envuelto en uno de aquellos ponchos, tejido en forma de damero, donde se habían mezclado diversas fibras y colores. El maestro continuó con su mirada clavada en mí, hasta que, finalmente, extendió su mano algo temblorosa, me acarició la barba y tocó mi piel blanca con sus larguísimos dedos. Una vez satisfecha su curiosidad se volvió hacia la niña:

—Illencka —dijo con voz cascada y en un armónico quechua—, AtaHuallpa está muy cerca de aquí, en Huamachuco, peleando contra Huáscar —y mirándome, agregó—: He oído decir que está esperando entrevistarse con vosotros para evaluar vuestras fuerzas ya que, si sois poderosos, él querrá teneros de su lado para que lo ayudéis a luchar contra Huáscar. Apenas llegásteis a Huancabamba, un chasqui partió rumbo a Huamachuco para informar a AtaHuallpa.

—Maestro Lachira, ¿qué sabe AtaHuallpa de nosotros? —pregunté.

—Muy poco, lo que sabe es lo que le dicen los chasquis que llevan y traen noticias. Que habéis venido en grandes cajas de madera flotantes, desde más allá de las aguas, por donde un día se fue Viracocha. Sabemos de vosotros desde hace algunos años. Sabe que habéis luchado contra los caciques levantiscos y los habéis vencido y que traéis unos animales monstruosos, que corren a gran velocidad y que con sus patas matan a muchos, y que usáis armas de un extraño metal negro y que con ese mismo metal hacéis estrellas para vuestros pies y unas medialunas para poner en las patas de esos animales, que también se alimentan del mismo metal. Y que al calentarlo al fuego lo volvéis rojo y lo golpeáis con grandes herramientas y que así fabricáis unos largos cuchillos que matan de un solo golpe y no se rompen. Que usáis oscuras ropas, muy rígidas, que brillan, y que cubrís vuestras cabezas con chucos muy duros. Que tenéis extrañas guedejas en el rostro y el pelo encrespado, que vuestro color es diferente al nuestro. Y que vuestras armas son ruidosas y mortales. Y que habéis matado ya a muchos...

—Maestro Lachira —pregunté—, ¿de qué lado está usted? ¿De Huáscar o de AtaHuallpa?

El anciano suspiró y después de breves momentos en que su vista se perdió a través de la ventana, dijo:

—Yo nací en Cuzco, el ombligo del mundo, cuando comenzó a reinar un gran emperador, Pachacuti, hombre sabio y que dejó grandes enseñanzas a su hijo, Tupac Yupanqui, ambicioso y amigo de guerras. Él amplió el Imperio hasta más allá de Cuzco, al sur, y más arriba de Quito, al norte. Venció a los collas, a los quechuas, a los chancas e hizo con todos ellos un gran imperio, el imperio inca. Y se aunaron todas las lenguas que eran muchas, y de todas ellas nació el idioma quechua, que ahora enseño en todos los pueblos que aún no lo hablan bien. Al morir Tupac Yupanqui, dejó a su hijo Huayna Capac la gobernación de todo el territorio, quien tuvo que continuar las guerras para consolidar el reino inca y para que todos se unieran. Él gobernó muy bien, pero antes de morir cometió el error de dividir su propio imperio, pensando que sus hijos podrían reinar juntos. Pero no fue así. Cada uno quiere lo que tiene el otro. Ahora esa paz ha volado para siempre. Huáscar es el legítimo heredero, pero es soberbio y cruel con su gente. Maltrata y humilla a sus propios oficiales. AtaHuallpa no debería ser Inca, aunque es mejor persona que Huáscar, es poderoso e inteligente. Muchos lo temen y lo odian, pero sabe estar junto a su pueblo y comprenderlo. El corazón de su padre, Huayna Capac, fue enterrado en Quito, por eso él piensa que su padre sigue velando por él y le da fuerzas. ¿De parte de quién estoy, me preguntas? Mi corazón está dividido como lo está, ahora, el reino de los incas. Estoy de parte de la tierra que conserva el espíritu de mis antepasados, de una tierra a veces indócil y áspera y otras, fértil y generosa, de una tierra que engendra el maíz y la papa. Estoy de parte de sus ríos que riegan los valles y nuestros sembrados. Estoy de parte de estas montañas que guardan todos mis años. Estoy de parte del árbol que crece en el verano y duerme en el invierno. Estoy de parte de los hombres y mujeres que quieren vivir en paz…

—¿Qué podemos hacer nosotros, los españoles?

El anciano fijó en mí sus ojos llenos de valles y montañas, de ríos y puna y me contestó:

—¿Podéis, acaso, limpiar esta tierra ensangrentada? ¿Podéis devolver la pureza a nuestros ríos, donde se pudren nuestros muertos? ¿Podéis, españoles que traéis bestias fabulosas y armas de trueno, utilizarlas para hacer que cesen las luchas y que el cóndor pueda volar nuevamente en paz sobre el Tahuantinsuyu? ¿Podéis hacer que el viento deje de cantar a la muerte y que la lluvia lave para siempre la sangre de nuestra tierra? Si hacéis eso antes de que el viento nos olvide y de que mis dedos caigan muertos uno a uno... habréis hecho mucho.

El maestro Lachira calló y cerró los ojos mientras canturreaba aquella misma melancólica canción que tantas veces solía cantar Illencka:

> Vagad, vagad por el mundo...
> ¡Oh, padres de mis padres!
> Viracocha caminó sobre las aguas,
> como la espuma sobre el mar...

La niña, entonces, se acercó a su maestro y se sentó frente a él tomando entre las suyas las manos surcadas de tiempo del anciano. El viejo dejó de canturrear y miró a la niña. Estuvieron así por espacio de algunos minutos, al cabo de los cuales ambos sufrieron una transformación.

Los ojos de Illencka brillaron en los del anciano y la mirada triste y cansada del viejo se opacó en los ojos de la niña. Illencka le estaba dando parte de su vida a su querido maestro. Aquella maravilla no duró más que algunos segundos, pero fueron suficientes para mí y también para Lachira, cuyo rostro comenzó a irradiar una serena tranquilidad.

Luego de decirle a Illencka algunas dulces palabras en quechua, la abrazó y dijo:

—Es mejor que os vayáis, no deben ver que el español ha hablado conmigo.

Illencka se puso de pie y haciéndome una seña me dijo:

—Vamos, Fernando Espárrago, volvamos al campamento.

* * *

Al llegar al campamento, dije a Soto lo que nos había dicho el maestro, aunque guardé para mí la extraña escena entre la niña y el anciano.

Pedro nos regañó por nuestra imprudencia al andar solos por la ciudad, sin escolta, pero Illencka, con una sonrisa de oreja a oreja, le dijo:

—No necesitábamos escolta, Pedro, cuando decíamos tu nombre todos se apartaban con miedo y respeto y nadie nos molestó.

Di vuelta a la cara para que no se vieran mis intenciones de largar la carcajada y, gracias a eso, Pedro quedó convencido de su enorme influencia en aquella gente. Orgulloso como pocos, salió de la tienda de Soto, pisando fuerte con sus botas y haciendo un ruido infernal con sus espuelas, mientras una amplia sonrisa le aniñaba el barbudo rostro.

* * *

Al atardecer del día siguiente, llegó la respuesta de Pizarro. Nos ordenaba trasladarnos hasta Huancabamba, para poder así evaluar las fuerzas de AtaHuallpa.

HUANCABAMBA

Al día siguiente, acompañados por el capitán de AtaHuallpa y cerca de cien guerreros, partimos hacia Huancabamba, a un día de Caxas.

Esta vez el avance no presentó dificultades ya que el camino era amplio y perfectamente trazado y hacia él convergían caminos secundarios que conducían a diversas ciudades. La cordillera no había sido un impedimento ya que, suspendidos sobre profundos abismos, increíbles puentes colgantes de madera y cuerdas tan anchas como un muslo daban continuidad a aquella ruta que trepaba hasta las más altas cumbres y unía la ciudad de Caxas con Huancabamba.

Según mi amiga, aquel camino era una pequeña parte de la Vía Real, que constaba de dos circunvalaciones, la superior –que era precisamente aquélla por la que avanzábamos– y la inferior, la de la costa, unidas ambas por vías transversales. En dos oportunidades nos encontramos con grupos de nativos conduciendo rebaños de llamas, cargadas de bultos. La llama es un animal indispensable para los incas. No sólo les sirve como animal de carga sino que también utilizan su fino pelaje para tejer prendas de abrigo, alfombras y cuerdas, su leche y su carne como alimento, su piel para hacer sandalias. Son animales sumisos y dóciles; sin embargo, cuando se enfadan tienen una particular manera de agredir: escupen... y con inmejorable puntería, según pudo comprobar Pedro en más de una oportunidad. Claro que él no se quedaba atrás y respondía de la misma manera, lo cual hablaba a las claras de sus finos modales.

Estos animales, según me explicaba Illencka aquel día en que nos cruzamos con un grupo de ellos, toleran cualquier clima y avanzan por cualquier terreno, incluso sobre la resbaladiza escarcha; lo único que no toleran es que se los monte.

—Aquí se las respeta mucho. Algunos de los nuestros, cuando se les muere una llama, la momifican —me dijo y, señalando hacia el fondo del valle—, ¡mira! Allí va otro grupo de llamas cargadas de mercaderías. Van a otras ciudades a comerciar...

—¿Qué llevan? —pregunté al ver sobre los lomos de los animales grandes bultos.

—Alfarería, tejidos, alimentos y esas cosas. Las cambiarán por otras de igual valor. ¿En Castilla también se hace así?

—No, nosotros no cambiamos la mercadería, la pagamos con monedas.

—¿Monedas? ¿Qué es eso?

Quité de mi pequeño monedero un ducado de oro y se lo mostré.

—Esto es una moneda. Con ella compramos lo que necesitamos.

Illencka miró la moneda por ambos lados, con detenimiento; luego, con gesto de suficiencia, me la devolvió diciendo:

—Muy linda, pero aquí el oro lo usamos para adornarnos. Si hiciéramos monedas con él tendríamos más monedas que mercadería.

Me di la vuelta y la miré con gesto de burla:

—No exageres…

—Sabes que no exagero nadita —me contestó.

Y tenía razón.

* * *

Al llegar a Huancabamba ya estaban alertados de nuestra llegada y nos esperaba un capitán de AtaHuallpa, enviado por éste desde Huamachuco.

El capitán, hombre de estatura media y figura robusta, vestía la clásica túnica o uncu, sujeta a la cintura por una ancha banda, similar a la que usaba Illencka. Sobre sus hombros llevaba una capa de color rojo carmesí y en sus pies las clásicas usutas. En sus brazos pude advertir algunos brazaletes de oro y en sus orejas grandes pendientes del mismo material. Su frente, ancha y con evidentes signos de preocupación, estaba circundada por un ceñidor de oro que sujetaba dos plumas. No iba armado, quizás para aparentar que no nos temía, aunque sí lo estaban los numerosos guerreros que formaban su comitiva.

Al ver los caballos, hubo un pequeño relámpago de temor en sus ojos, pero supo reponerse y aparentó no sorprenderse demasiado por nuestro aspecto.

Soto descendió del caballo y nos ordenó que hiciéramos lo mismo, lo cual pareció tranquilizar al hosco capitán. Illencka fue llamada al lado de Hernando para que tradujera la conversación entre ambos.

Durante la entrevista, si bien fue cordial, todos pudimos apreciar el recelo que había entre los dos, aunque procuraron ocultarlo tras mutuas promesas de paz y amistad.

No obstante, el capitán describió la grandeza y poderío de AtaHuallpa dejando sentada una sutil amenaza que Soto no dejó de percibir. Más tarde, caminando a nuestro lado, nos fue mostrando con orgullo su ciudad, mientras hablaba maravillas de ella, las cuales no eran exageradas ya que lo podíamos comprobar por nosotros mismos. También habló de Cuzco, describiéndola como una ciudad tan larga que se necesita un día de andadura para recorrerla y que la casa del cacique tiene los suelos chapados en oro y el techo y las paredes de oro y plata entretejidos.

Obviamente, todo este despliegue de palabrerío llevaba como fin intimidar a Soto que supo mantenerse a la altura de las circunstancias, no demostrando sorpresa ni ambición, aunque la descripción de aquellas maravillas hizo exaltar la fantasía del resto de los españoles, ansiosos de llegar a aquellos lugares de ensueño.

El capitán nos guió por las calles de aquella magnífica ciudad durante largo tiempo. Los edificios estaban hechos de enormes bloques de piedra prolijamente cortados y ensamblados de tal manera que, en una oportunidad, intenté meter mi cuchillo entre dos de aquellas piedras y fue imposible hacerlo penetrar. La limpieza y el orden imperaban por todas partes.

A nuestro paso, las gentes del pueblo demostraban respeto y temor, pero noté en ellos cierto dejo de dignidad y orgullo, avalado también por sus ricas y bellísimas vestimentas.

—Fernando —me dijo Illencka que caminaba a mi lado—. Allí, a la derecha… ¿ves? Hay una huaca, lugar sagrado. ¿Recuerdas la que vimos en Caxas?

El edificio era imponente. Sólido, de piedra, como el resto de las construcciones. Estaba haciendo un bosquejo del lugar cuando Illencka tironeó de mi manga y en voz baja dijo:

—Mira hacia la parte alta del edificio…

Miré y quedé horrorizado. En lo más alto se veían varios hombres ajusticiados, colgados de los pies. Debí haber largado alguna exclamación porque varios de mis compañeros miraron hacia allí. El capitán, advertido de nuestra sorpresa, nos dijo:

—Han sido castigados por intentar entrar al templo —y su mirada firme y oscura se clavó en mí, como diciendo: toma nota de eso, también.

Creo que Soto recordó lo ocurrido en Caxas porque bajó la vista y desvió su atención hacia otro lado.

*   *   *

Era tanto lo que tenía que apuntar que en menos de dos horas –lo que duró el paseo– llené un cuaderno completo.

Soto me indicó que no dejara de escribir sobre los enormes depósitos o piruas que contenían víveres para la población. Al ver a un hombre sentado a la entrada de uno de estos depósitos con varias cuerdas de colores de diversas longitudes con nudos a intervalos regulares en sus manos, pregunté a Illencka qué era aquello.

—Son quipus, sirven para contar. Son como tu escritura. También los usan los chasquis cuando llevan mensajes.

Ya casi se ponía el sol cuando el capitán se despidió de nosotros. Soto le pidió que lo acompañara al regresar a Zarán para que hablase con el Apo Pizarro. El capitán dijo que antes debía pedir instrucciones a AtaHuallpa. Al otro día nos daría la respuesta.

Por la noche, reunidos en el campamento que se nos permitió levantar en las afueras de Huancabamba, nuestro capitán nos expuso sus puntos de vista:

—Creo que los capitanes de AtaHuallpa no exageran ni un ápice. Es indudable que es muy poderoso y está bien fortificado. Sus hombres, según pude observar, lo obedecen a ciegas y su estado físico es óptimo. Están mejor alimentados que nosotros y, obviamente, conocen la zona en que se mueven.

Uno de los ballesteros contestó desde las penumbras:

—Si se lo compara conmigo cualquiera está en estado óptimo.

Varios rieron. El que había hablado era Diego de Torrelavega, aquejado desde su estancia en Túmbez de unas verrugas infecciosas muy molestas, consecuencia de una dieta sólo a base de pescado. Dolencia que también se había ensañado conmigo y con Pedro en la isla de la Puná y que, afortunadamente, ya había desaparecido.

—No te quejes —le respondió Pedro—, ninguna de tus verrugas se puede igualar a una que tuve en las posaderas. Era tan grande que me podía sentar en el suelo como si estuviera sobre un cojín y hasta me balanceaba en ella. Creo que la echo de menos…

Siempre que hablaba, Pedro provocaba risas, y también en aquella oportunidad nos divirtió con su poco didáctica versión de las verrugas.

Hernando de Soto continuó:

—Indudablemente, AtaHuallpa ya debe tener noticias acerca de nuestra estancia en Huancabamba. Fernando e Illencka se han encontrado en Caxas con un antiguo maestro de ella y le ha confesado que un chasqui había partido hacía algunas horas rumbo a Huamachuco para informar a AtaHuallpa.

—Además —agregué—, según el maestro, AtaHuallpa teme que deseemos unirnos a Huáscar, por eso tratará de pactar con nosotros para que estemos de su lado.

Un soldado, Gonzalo Núñez, dijo con tono exasperado:

—¿Y cómo sabremos si ese maestro ha dicho la verdad? ¿Y si AtaHuallpa, en estos momentos, se está dirigiendo hacia aquí para sorprendernos?

—¡No! —respondió Illencka—. ¡Mi maestro no miente! Él no quiere más guerras, sólo quiere que la paz vuelva al Tahuantinsuyu. Él ha dicho la verdad.

—¡Vinimos a estas tierras a conquistarlas y a fundar ciudades para los españoles —dijo Juan de Ortega— no a intervenir en sus luchas internas!

—Es verdad —le respondió Pedro— pero al estar ellos divididos por sus propias guerras nos será más fácil asentarnos. Hay muchas tribus que están con nosotros porque no quieren el reinado de AtaHuallpa. Debemos aprovechar esa situación.

—¿Y qué hay del oro que dicen hay en Cajamarca y en Cuzco? —gritó una voz—. El capitán de AtaHuallpa habla mucho, pero no sabemos hasta dónde dice la verdad...

Varias voces se levantaron, airadas, a favor del soldado que había hablado.

—¡Sí, puede ser una trampa!

Soto se puso de pie mientras llamaba a la tranquilidad:

—¡Calma, señores, no debemos perder los nervios! No creo que el capitán haya exagerado al hablar de esas riquezas. No es la primera vez que hemos encontrado oro en nuestra ruta. El Perú alberga riquezas que jamás hubiéramos podido soñar. Si no las queremos perder, no debemos precipitarnos.

En este ánimo de cosas, nos retiramos cada uno a nuestra tienda para pasar la noche. Soto ordenó montar guardias y prometió severas penas para aquellos que se durmieran estando de vigilia. Toda precaución era poca para evitar sorpresas desagradables, aunque los caballos –que habían sido ubicados bien a la vista– eran un elemento suficientemente disuasorio.

* * *

Al día siguiente, muy temprano, nos despertó una comitiva integrada por el capitán de AtaHuallpa y algunos guerreros, diciéndonos que ya habían recibido la autorización que esperaban y que podíamos partir en cuanto estuviéramos listos, rumbo a Zarán, donde aguardaba Pizarro.

Ansiosos por partir, levantamos el campamento y nos pusimos en marcha. Durante todo el camino nos mantuvimos alerta, de acuerdo a las sugerencias de Soto, ya que podíamos caer en alguna trampa. No confiábamos aún en aquel hosco capitán.

Afortunadamente, nuestros miedos eran injustificados, porque llegamos a Zarán sin contratiempos, salvo los propios del camino.

Pizarro nos esperaba desde horas antes. La entrevista con el capitán de AtaHuallpa fue breve, pero las miradas astutas del callado capitán no perdían detalle de todo lo que observaba. Pizarro, al ver la impresión que en él había causado la febril actividad del fortín, lo invitó a contemplar a algunos de sus hombres mientras se entrenaban. Obviamente, eligió a los más fuertes y diestros en el manejo de las armas, con las cuales se hicieron algunas demostraciones que apabullaron al capitán, incluidos varios disparos de cañón que efectuó Gandía, nuestro cañonero. Aquello fue demasiado. Al oír el estruendo, los guerreros de su guardia se dispersaron rápidamente y bastante trabajo le costó al capitán volverlos a reunir.

Después de eso, partieron para Cajamarca, a informar a su señor.

Apenas partió el capitán, Pizarro se abalanzó, ansioso, sobre Soto para que lo pusiera al tanto de todo, mientras lo arrastraba hacia el fortín. Pedro, Illencka y yo fuimos detrás de ellos. Entre todos, informamos al gobernador, quien, al terminar nosotros, nos puso al tanto de sus novedades:

—AtaHuallpa es muy astuto. Mientras vosotros estabais en Caxas, vino a verme un enviado suyo con un extraño obsequio —y mientras decía esto descubrió dos pequeños objetos que estaban sobre una mesa cubiertos por un paño.

Nos acercamos para poder verlos más de cerca. Se trataba de dos vasos hechos en cerámica, que representaban dos fortalezas en miniatura. Debido al fino acabado en color arena, parecían dos esculturas de piedra. Indudablemente eran una magnífica muestra de la habilidad artesanal de aquel pueblo. Una verdadera obra de arte.

—No alcanzo a comprender el significado de este regalo. ¿Querrá demostrarnos que, en la realidad, posee muchas de estas fortalezas? —dijo Pizarro.

—Es posible —contestó Soto—. También en Caxas y Huancabamba tuvimos esas demostraciones de poder y riqueza. AtaHuallpa no es tonto. Nos respeta, pero quiere que también le respetemos a él.

—Tendremos que ir con cuidado —añadió Pedro.

Pizarro se sentó sobre la mesa y añadió:

—Yo también le envié algunos objetos como regalo. Una camisa de lino, algunos espejos y objetos de Castilla. No conocen el vidrio, por lo que espero sorprenderle. Su mensajero partió con todo eso y, además, le mandé decir que, en breve, iremos a visitarle a Cajamarca.

—¿Cómo sabe que estará allí, gobernador? —preguntó Soto.

—Su enviado me dijo que AtaHuallpa ha vencido a su hermano Huáscar en Tomebamba y que pensaba dirigirse a Cajamarca para ser proclamado Inca.

—Allí nos veremos las caras, entonces —murmuró Pedro.

A partir de allí la conversación volvió a girar en torno a todo lo visto en Caxas y Huancabamba. Pizarro nos escuchó atentamente, mientras el entusiasmo de los hombres crecía a medida que recordaban todo lo que habían visto y oído.

Era ya tarde cuando dimos por acabados los informes.

Illencka, sentada a mi lado, había apoyado su cabeza sobre mi hombro y dormía profundamente.

Rumbo a Cajamarca

Me desperté muy temprano, aún no había amanecido aunque tras las lejanas cumbres comenzaba a percibirse una débil claridad ahuyentando a las últimas estrellas. Me vestí y salí al patio de la pequeña fortaleza donde estábamos asentados. Fuera hacía frío y empezaba a notarse cierta actividad en el edificio cercano.

—¿Qué hay, Espárrago? —me saludó Pedro acercándose, mientras estiraba su inmenso corpachón, haciendo crujir algunos huesos. Tenía el rostro demacrado y estaba totalmente despeinado. Hasta su barba parecía haber librado alguna oscura batalla, y no con muy buenos resultados.

—¿Pudiste dormir? —le pregunté, aunque la respuesta estaba a la vista.

—Ni por un mísero minuto —me respondió mientras se frotaba vigorosamente la cabeza—. Estuve dando vueltas y más vueltas. No tengo nada en claro. Mucho me temo que vamos hacia la boca del lobo.

—Pienso lo mismo —le dije—. AtaHuallpa tiene todas las ventajas de su lado y está rodeado por un ejército poderosísimo de miles de hombres... —callé un momento y luego, le pregunté, a boca de jarro—. Pedro, ¿qué hacemos nosotros aquí, tan lejos de Castilla?

Pedro se rió, me rodeó los hombros con el brazo y me dijo:

—Tú eres el único que no tendría que hacer esa pregunta. Eres dibujante, científico, viajero incansable. Tú estás descubriendo este lugar, nosotros no. Sólo lo estamos conquistando. Vamos adentro, las mujeres indígenas nos han preparado *xocolatl* para el desayuno.

Lo seguí sin protestar. En sus palabras recordé las que me dijera Illencka algún tiempo atrás.

*   *   *

Poco después del desayuno, preparamos nuestros caballos. En las caras de todos los hombres se ocultaban pequeñas sombras nacidas de una noche de vigilia. Creo que nadie había podido conciliar el sueño. La mayoría se preparaba en silencio, sin apenas cruzar palabra con su compañero inmediato. En todos se notaba un nerviosismo que parecía contagiar a los caballos, que se mostraban algo ariscos y molestos y golpeaban sus cascos contra el empedrado como si buscaran un oculto enemigo debajo de las piedras. El ruido metálico de las armaduras, el entrechocar inadvertido de las espadas y arcabuces, contribuía a enardecer aún más los nervios de los hombres que trataban de disimular un sentimiento común a todos: miedo.

No era para menos. Íbamos hacia un destino incierto.

Terminé de equipar a Azulejo, que no cesaba de meter el morro bajo mi brazo como si pretendiera protegerse de alguna manera.

El sol comenzaba a asomar ya su cara tras la lejana cresta azul de la cordillera. Jirones rojizos de nubes se estiraban en el horizonte. Muy arriba, sobrevolaba las altas cumbres la figura solitaria de un cóndor, magnífica e irreal. Por un instante quedé extasiado contemplando aquel bellísimo amanecer.

—Hoy, Inti se ha lavado la cara. Por eso brilla tanto —dijo Illencka, que se había acercado a mí sin darme yo cuenta.

—Hola, Illencka. ¿Has dormido bien?

—Igual que tú de bien… o de mal —me dijo con una amplia sonrisa que trataba de ocultar la preocupación que sentía.

En ese momento, Pizarro salió al patio caminando junto a Soto, quien, con una energía inusitada, montó a caballo, mientras Pizarro hacía lo mismo y daba la orden de partir.

* * *

Tomamos la llamada Vuelta de Cajamarca hasta llegar al pueblo de Motux, donde nos quedamos cuatro días para reabastecernos y descansar en uno de los tambos, lugares de reposo que eran utilizados exclusivamente por el Inca y su cortejo cuando se trasladaban de una ciudad a otra. En más de una oportunidad pensé que a AtaHuallpa no debía de hacerle mucha gracia el hecho de que invadiéramos así sus propiedades, porque era evidente que conocía todos nuestros pasos. Su información era precisa y oportuna.

Nuevamente en camino llegamos al Río de la Leche o de Saña. Era bastante ancho y caudaloso, por lo que tuvimos que fabricar algunas balsas para poder atravesarlo, ya que el puente estaba destruido. Fue en aquella zona donde comenzamos a ver los estragos de la guerra. Las orillas del río estaban sembradas de cadáveres, muchos de ellos muertos en la lucha; otros, menos afortunados, habían perecido después de los castigos a que AtaHuallpa los había sometido por haberse rebelado.

Todas estas imágenes no eran precisamente reconfortantes, ni para los soldados ni para Pizarro, quien veía en aquellas escenas macabras todo el poder de AtaHuallpa.

Cruzando el río se hallaba la ciudad de Cinto. Allí nos recibió un indio de San Miguel, enviado por el Inca como embajador, que nos indicó el camino a seguir ya que, poco más adelante, la ruta se dividía.

Al llegar a la bifurcación, notamos que la vía principal, según lo dicho por el indígena, era la que conducía hacia Cuzco, donde nos esperaban tesoros incalculables, la otra, menos importante, hacia Cajamarca, donde aguardaba AtaHuallpa.

Pizarro nos ordenó detener. Avanzó un trecho con su caballo. Parecía pensativo y dudoso. Miró hacia las dos rutas. Por un momento, pareció que no se decidiría jamás, pero, de repente, alzó el brazo y enfiló hacia Cajamarca.

En esa rápida decisión estuvo nuestro destino y el de AtaHuallpa; además puede decirse que allí, en ese momento, se decidió, también, el destino del Imperio Incaico.

A medida que avanzábamos, el frío se fue haciendo cada vez más intenso. Illencka se protegía detrás de mí, tapada con una manta. El viento de la puna golpeaba nuestros rostros con tanta fuerza que hasta nos dificultaba el respirar. La vegetación, achaparrada y escasa, se aplastaba contra el suelo como buscando refugio ante las inclemencias del tiempo.

—Fernando Espárrago, ¿también en Castilla hace frío como aquí? —me preguntó Illencka y su voz sonó apagada debajo de la manta.

Tiritando, respondí:

—Creo que no tanto.

Pedro, que venía detrás de nosotros, exclamó, de aparente malhumor:

—¡En Castilla no hace tanto frío, ni hay tanta piedra, ni sopla tanto el maldito viento, ni hay un indio loco que nos quiere hacer papilla, ni hay un puñado miserable de españoles idiotas que se van a enfrentar a miles de guerreros furiosos que usarán nuestros huesos para escarbarse los dientes!

—¡Pedro! ¡Deja de decir estupideces! ¡No estamos para escuchar tus sermones! —gritó Soto, que cabalgaba un poco más adelante y había escuchado lo dicho por el gigantón.

Pedro murmuró no sé qué maldiciones, mientras pasaba a nuestro lado y le guiñaba un ojo a Illencka.

* * *

Al otro día se acercó a nosotros una nueva embajada del Inca, que traía un rebaño de llamas cargadas con comida para la tropa. Allí realizó Pizarro una pequeña entrevista, durante la cual aquellos indígenas alabaron el poderío de AtaHuallpa haciendo resaltar su gran valentía y diciendo que ya había sido reconocido como Inca en Tomebamba después de haber vencido a su hermano Huáscar.

Pizarro repuso que su Rey era aún más poderoso que el Inca ante lo cual el embajador frunció el entrecejo, en señal de disgusto. El gobernador se apresuró a decirle que veníamos en son de paz y que su señor no debía temer nada.

Después de esto seguimos adelante y, a los pocos días, recibimos un nuevo embajador, el mismo que había llegado a Zarán con el regalo de las dos pequeñas fortalezas para el gobernador. Traía un cortejo de muchos indios, con más llamas cargadas con vajilla de oro y odres llenos de chicha. Inmediatamente nos entregaron a todos pequeños paquetes de comida y presentes varios. El embajador nos comunicó que AtaHuallpa ya estaba en Cajamarca y que nos recibiría gustoso, pero en el mismo momento llegó un indio de San Miguel diciendo todo lo contrario. Dijo que AtaHuallpa había desalojado la ciudad porque quería tendernos una trampa. El embajador comenzó a discutir con el recién llegado, tratando de convencernos de que mentía. Pizarro no se inmutó, disimuló su nerviosismo y en voz baja le ordenó a Soto:

—Capitán. Ordene a los soldados que no coman nada de lo traído por esta gente.

—¿Piensa que la comida puede estar envenenada?

—Pienso todo. Debemos estar prevenidos. Un poco de dieta no nos vendrá mal.

Pedro, a su vez, recibió la orden a regañadientes, pero guardó en sus alforjas el pequeño paquete lleno de dulces que le había entregado uno de los indios de servicio. Todos habíamos recibido el nuestro y disimuladamente lo guardamos sin abrirlo, muy a nuestro pesar.

Continuamos la marcha y en el atardecer del 14 de noviembre de 1532 llegamos a una sabana, donde vimos numerosos rebaños de llamas y gente ocupada en labores agrícolas. Poco más allá se alcanzaban a divisar las primeras casas de Cajamarca.

Acampamos allí, a tiro de piedra del lugar en que se hallaba AtaHuallpa, esperándonos.

A medida que oscurecía, aumentaba el nerviosismo entre la soldadesca. Todos nos ocupamos en tareas inútiles, con tal de no tener un momento libre en que nos pudieran asaltar los malos pensamientos. Allí, en aquel valle, estábamos a merced de los ejércitos de AtaHuallpa. Podíamos ser borrados del mapa en menos tiempo del que ocupaba Pedro en comerse medio cerdo.

Creo que aquélla fue una de las noches más largas de mi vida.

Como no podía conciliar el sueño me dediqué a poner en orden mis notas, algo confusas por la urgencia con que habían sido tomadas.

En eso estaba cuando Illencka entró en mi tienda y se acercó a mí envuelta en una manta. Traía un cacharro lleno de *xocolatl* caliente. Lo colocó sobre la mesa y se sentó a mi lado.

—¿Te molesto, Fernando Espárrago? —preguntó mientras acercaba dos vasos de barro y los llenaba con la aromática y humeante bebida. Su actitud demostraba claramente que ella no consideraba que estaba molestando, por lo tanto, sólo restaba contestar:

—No, puedes quedarte —cuando ella ya había decidido quedarse.

Se inclinó sobre mi cuaderno.

—¿Qué haces?

—Pongo en orden mis notas…

—¿Todas tus cosas las tienes en orden?

Cerré el cuaderno. Con Illencka a mi lado era inútil tratar de concentrarme en otra cosa que no fuera ella misma. Tenía la particularidad de distraerme con sus repentinas preguntas.

La miré, mientras acercaba el vaso humeante que aguardaba sobre la mesa, cerca de mí.

Su cabello renegrido brillaba a la luz de la vela y ésta hacía bailar la sombra de sus pestañas sobre sus mejillas, sonrosadas por el calor del *xocolatl* que sorbía despacio y en silencio. Una piedra de jade que colgaba del extremo de una delgada cuerda, colgada de su cuello, centelleó entre los pliegues de la manta. Nunca me había fijado demasiado en ella, pero ahora, quizás debido a aquel brillo despertado por la luz de la vela, había llamado mi atención.

—Bonito adorno… —dije.

—Me lo dio mi abuelo, a él se lo había regalado su abuelo y antes había sido del abuelo de su abuelo y antes…

—Ya, ya… —dije para frenarla—. ¿Qué significa?

—Significa que es muy antiguo…

—¡Illencka!

Rió por su propia broma, luego, bajó los ojos y los dejó flotar sobre la superficie oscura del *xocolatl*. Parecía evadir la respuesta, pero al cabo de unos segundos, dijo:

—Según me contó mi abuelo, en ella está encerrado el espíritu del Paa Zuma, el puma. Es una astilla de su ojo izquierdo. El ojo que Viracocha transformó en Quilla, la Luna…

—Entonces… ¿es una parte de la Luna?

Dejó su vaso vacío sobre la mesa, mientras su perfil titilaba a la luz de la vela.

—Así parece… —respondió mientras desviaba su atención hacia mi cuaderno cerrado.

—¿No vas a seguir poniendo orden?

—Illencka, dime —le dije, haciendo caso omiso a su intento de desviarse del tema—, esa piedra… ¿tiene algún poder?

—No te entiendo…

—Sí me entiendes, lo que pasa es que no quieres responder…

Me dedicó una sonrisa y después, poniéndose seria, me contestó:

—Todas las cosas y todos los seres tienen poder. Las montañas tienen el poder de ser montañas, el árbol de ser árbol, esta piedra tiene el poder de ser piedra. La tierra les da ese poder. Todo nace de ella y todo vuelve a ella.

—También volveremos tú y yo… —contesté proféticamente sorbiendo mi *xocolatl*.

Ella me miró en silencio, sus ojos despedían lucecitas por efecto de la luz de la vela. Enigmática, me contestó:

—Sólo tú volverás…

ATAHUALLPA

Al día siguiente, Pizarro llamó a Soto, a su hermano Hernando, a Pedro, a Illencka y a mí, para que entráramos en la ciudad junto a él, por delante de los demás.

Era ya el mediodía y comenzamos a atravesar los campos del Inca. La marcha se hizo lenta debido a la cantidad de indios que nos acompañaban cargando bultos. Al atardecer, entramos formando un compacto grupo a caballo a la plaza de la ciudad. Pizarro nos había ordenado no desmontar, por si nos habían preparado una emboscada. Nos seguía, a pie, nuestra escolta de indios costeños, temerosos, también ellos, de un posible ataque.

Hacía mucho frío y caía una fina lluvia de granizo.

Los cascos de los caballos retumbaban sobre las piedras mojadas.

La plaza estaba casi desierta. Apenas vimos algunas mujeres haciendo chicha, algunas de ellas lloraban. Pizarro, al oír el llanto de aquellas mujeres, dijo, en voz baja:

—Esto es de mal augurio…

Illencka, que lo había oído, lo tranquilizó:

—No, Apo, lloran porque éste es el mes de los Muertos.

La explicación tranquilizó a Pizarro que siguió avanzando hacia el centro de la plaza, la cual era muy amplia, mucho mayor que cualquiera de las de Castilla. Estaba rodeada por edificios muy sólidos, de piedra sobre piedra, sin argamasa ni material alguno que las uniera. A un costado vimos un edificio terminado en torre. Era una pequeña fortaleza a la que se subía por medio de algunos escalones.

Pero el Inca no aparecía. Pedro estaba empezando a ponernos nerviosos a todos diciendo que, seguramente, detrás de los muros había millones de indios armados esperándonos y que muy pronto la plaza cambiaría de color y se volvería roja por nuestra sangre derramada. El muy desgraciado gozaba viendo la cara que ponían sus compañeros al escuchar sus palabras.

Pizarro lo mandó callar y ordenó desmontar:

—¡Examinen el lugar! Pasaremos aquí la noche…

Nos dispersamos alrededor de la plaza y entramos a los edificios que no estaban habitados, ante el estupor de los pocos indígenas que por allí había. Pizarro dijo que al día siguiente decidiría los pasos a seguir.

Illencka había desmontado y se había acercado a dos mujeres. Habló un momento con ellas. Luego vino hacia nosotros.

—Apo, AtaHuallpa no está en Cajamarca. Está en su palacio, abajo en el valle, donde está el campamento de su ejército —nos dijo.

Pizarro, entonces, dispuso que nos cobijáramos en las casas vacías que rodeaban la plaza. Soto se acercó a él:

—Gobernador, creo que será conveniente pedirle una cita a AtaHuallpa. Esta gente es muy amiga de protocolos. Podría ir yo con algunos hombres y de paso observaría el campamento.

—Tiene razón, capitán, acérquese hasta el real del Inca con veinte soldados. Lleve a Illencka y a Fernando.

Así fue como partimos rumbo al palacio del Inca.

Atravesamos el valle, las tareas agrícolas habían sido interrumpidas por la hora ya avanzada y sólo se veían, dispersas, algunas herramientas de trabajo.

Al llegar al campamento, Soto ordenó a algunos hombres que quedaran a la entrada del mismo por si caíamos en una trampa.

En medio de un clima de tenso nerviosismo, entramos en el real del Inca, entre dos filas de guerreros atónitos y mudos, pero fuertemente armados con lanza-venablos, hondas, boleadoras y mazas con cabezas estrelladas de piedra. Hacia donde miráramos se extendía un ejército imponente de miles de guerreros hostiles. Según pude apreciar, a ojo de buen cubero, había allí no menos de cincuenta mil hombres. Se lo dije a Soto y coincidió conmigo plenamente.

Saber que coincidíamos en aquel dato escalofriante no nos tranquilizó a ninguno de los dos, máxime sabiendo que aquél era sólo uno de los ejércitos de AtaHuallpa. Con un estremecimiento recordé la noticia que me habían dado acerca de la batalla que acababa de librar contra su hermano Huáscar. Habían muerto cerca de setenta mil hombres. Saber eso ponía los pelos de punta a cualquiera.

Soto, ya con la experiencia de Caxas y Huancabamba, se sentía, no obstante, confiado y parecía dominar la situación.

AtaHuallpa, advertido ya de nuestra llegada, esperaba con solemnidad nuestra presencia. Un capitán se acercó a nosotros para guiarnos y, siguiendo sus instrucciones, enfilamos los caballos hacia un amplio corredor que se abría a un huerto. Pero al acercarnos sufrimos una decepción.

AtaHuallpa se ocultaba tras una fina cortina sostenida por dos de sus mujeres.

Era indudable que no nos consideraba demasiado importantes. Era posible que también él estuviera decepcionado al no ver a Pizarro. Aquel fino velo estaba colocado estratégicamente ya que nos impedía verle, pero él podía observarnos a su antojo, debido a la luz que jugaba a su favor.

Su silueta se recortaba tenuemente a través del fino tejido. Estaba sentado en su trono, instalado en mitad de un amplio patio que lindaba con los extensos y bien cuidados jardines de su palacio.

A su alrededor estaban sus mujeres y el séquito de nobles, y a los lados, dos filas de guerreros prestos a defenderlo a la menor señal de peligro.

Soto se acercó a él e hizo señas a Illencka, montada a su grupa, para que tradujera lo que le iba a decir al Inca.

En primer término, expresó su deseo, en nombre de Pizarro, de amistarse con él y ayudarlo en su empresa.

Illencka traducía todo fielmente, pero AtaHuallpa no se dignó contestar ni una palabra. Uno de sus capitanes principales daba órdenes en su nombre, cortantes y secas, con la cabeza baja y jugando con un anillo que le había entregado Soto como ofrenda de paz.

Nuestro capitán siguió hablando, pero el mutismo de AtaHuallpa no se rompió. Esta situación comenzó a exasperar los ánimos de Soto y, para qué negarlo, los de todos los que lo acompañábamos. Evidentemente, nuestro capitán estaba desconcertado. No había amenaza en el silencio del Inca. Pedro se acercó a su lado y oí cómo murmuraban, preocupados. Miré a mi alrededor, estábamos rodeados de cientos de indios inmutables. Nosotros éramos apenas veinte jinetes. ¿Bastaría eso para abrirnos camino, al retirarnos, sin sufrir daños? En ese punto de mis pensamientos, se oyó ruido de cascos.

Era Hernando Pizarro que, no confiando en el Inca y temiendo una trampa, había salido detrás de nosotros con otro grupo de a caballo, para brindarnos ayuda.

Se acercó a Soto y éste lo puso al corriente de la situación en pocas palabras.

Detrás de la cortina me pareció percibir cierto nerviosismo. La llegada de los nuevos jinetes había alterado el mutismo del Inca, aunque sus soldados se mantenían impasibles.

Hernando Pizarro, entonces, con voz altiva y arrogante, le explicó al mudo monarca que él era el hermano del Apo y que Soto era tan importante como él y que debía contestar a su saludo.

Esto surtió un rápido efecto.

La cortina cayó de las manos de las dos mujeres y entonces pudimos contemplar al mítico guerrero AtaHuallpa.

Efectivamente, estaba sentado en su trono, el cual se hallaba cubierto por un rico tejido de vivos colores. Lo miré con atención. Su figura era imponente y magnífica, de contextura fuerte, con un rostro que irradiaba el orgullo de su estirpe. Sus intensos ojos negros nos observaban con altivez y sin pizca de ningún otro sentimiento delator. Llevaba una túnica blanca que resaltaba el color oscuro de su piel. El cabello, negro y lustroso, caía hasta más abajo de sus orejas y su frente estaba rodeada por el llauto –ancha cinta bordada con hilos de oro– de la cual pendía la mascapaicha —borla de lana de color carmesí engarzada en oro-emblema de la nobleza inca. En sus fuertes brazos brillaban varios brazaletes de oro y sobre su pecho descansaba un magnífico collar hecho de diminutas piezas de oro.

El Inca nos contempló detenidamente durante bastantes segundos. Nos observó uno a uno, como si quisiera grabar cada uno de nuestros rostros. Traté de adivinar en su expresión severa algún signo, alguna señal que me hablara de sus pensamientos en aquellos momentos, pero su rostro se mantuvo así, impenetrable, hasta que fijó su mirada en Illencka, montada a la grupa de Soto. Al mirarla, sus rasgos se serenaron y el frío de su mirada se humanizó. También la niña lo miraba a él y creí distinguir, entre ellos, una leve señal de respeto y entendimiento mutuos. El Inca inclinó ante ella su frente, en lo que me pareció un saludo, que mis compañeros le devolvieron, malinterpretando que iba dirigido a ellos.

Luego, dio un par de órdenes y de inmediato aparecieron dos indios con tres vasos, dos de ellos de oro, llenos de chicha que entregaron uno a su señor y otro a Pizarro. El tercer vaso, destinado a Soto, era de plata. Al capitán no le pasó desapercibido el detalle, ya que aquello demostraba que el Inca seguía considerándolo un inferior.

Durante el tiempo que duró la entrevista, AtaHuallpa no perdió de vista a los caballos, sobre todo al de Soto, quien, al ver el interés que despertaba en el Inca, lo mantenía hábilmente en continuo movimiento con un sencillo tirón de riendas o un imperceptible golpe de sus botas. La magnífica figura del animal, golpeando con sus cascos el suelo mientras agitaba su cuello cubierto por las largas crines que caían sobre sus ojos renegridos y brillantes de fiereza, las orejas enhiestas y las fauces abiertas debido al constante tironeo del freno, tenía fascinado al Inca que miraba impasible el dominio que Soto ejercía sobre el animal.

El Inca preguntó a Hernando Pizarro si estaba dispuesto a ayudarlo en su lucha, especialmente contra los ariscos chachapoyas a quienes aún sus generales no habían podido someter.

La respuesta de Pizarro, por lo petulante, nos dejó a todos atónitos. Era indudable que trataba de deslumbrar al Inca:

—Mi hermano, el gobernador Pizarro, enviará sólo diez caballos con sus jinetes. Ellos alcanzan y sobran para vencer a los chachapoyas y aún para perseguirlos hasta donde fueran a esconderse.

AtaHuallpa sonrió con desdén ante tal alarde de poderío y a continuación dijo:

—Me place hablar de igual a igual. Eres un poderoso guerrero y, por ello, te brindaré el honor de que entres a mi casa y compartas mi cena.

Hernando Pizarro y Soto se miraron. La primera batalla estaba ganada. Las palabras del Inca fueron recibidas con alivio por el resto de los españoles.

—Agradezco tu invitación —rechazó Pizarro—, pero mi hermano aguarda nuestras noticias y no tenemos órdenes de quedarnos.

—Entonces, dile a tu gobernador Pizarro que mañana iré a Cajamarca a entrevistarme con él —dijo el soberano.

Antes de retirarnos, Soto quiso lavar la pequeña afrenta de la copa de plata y preguntó al Inca si le agradaría ver una demostración de las habilidades de su caballo. AtaHuallpa accedió y Soto, entonces, hizo desmontar a Illencka, retrocedió con su caballo haciéndolo caracolear, luego lo hizo parar en dos patas y finalmente clavó sus espuelas en los costados del animal que, deseoso de movimiento, salió disparado en vertiginosa carrera ante el terror de los guerreros que retrocedieron rápidamente temiendo ser aplastados por las patas de aquel monstruo negro, pero la habilidad de Soto lo mantenía en el límite justo del peligro, haciéndolo girar en el momento preciso para cambiar de dirección, mientras se oían murmullos de espanto.

Al fin, frenó en las mismas narices del soberano, que pudo oler la piel sudorosa del jadeante caballo y fue salpicado con su saliva espumosa, mientras los finos hilos de su mascapaicha se movían por el aliento caliente del animal.

AtaHuallpa no se inmutó. Nadie lo vio mover un sólo músculo, solamente sus ojos oscuros, fijos en los de Soto parecían tener vida. Aquella mirada revelaba el respeto que le había negado a nuestro capitán al comenzar la entrevista y creo que fue, en aquel momento, cuando nació una fuerte amistad entre los dos, basada en el respeto mutuo.

* * *

Nos retiramos de allí, rumbo a nuestro campamento, a pasar la última noche antes de que se decidiera nuestro destino y el de AtaHuallpa.

La noche caía sobre nosotros y el aire fresco nocturno parecía acercar a nuestros rostros malos presagios. Mientras nos alejábamos al galope, no demasiado seguros de tener libre la salida, sentí miedo en lo más oculto de mí y creo, sin temor a equivocarme, que todos se sentían de la misma manera. A todos nos asustaba esta tierra extraña e infinita, tan ajena a todo lo nuestro, privados de la serenidad que brinda lo cotidiano y conocido.

Pizarro nos aguardaba dentro de una de las casas. Al oírnos llegar salió a recibirnos sumamente inquieto y ansioso por conocer nuestras novedades. Después de ponerlo al tanto de la entrevista, se quedó un rato en silencio y luego comenzó a pasearse por la amplia estancia, como era su costumbre cuando necesitaba pensar, mientras las velas que iluminaban el recinto alargaban su sombra y la hacían trepar por la pared. De repente se detuvo y mesándose la barba nos dijo:

—No confío en ese indio. Creo que no me equivoco si les digo que podemos esperar un ataque por sorpresa.

—Gobernador, si AtaHuallpa quiere atacarnos no sé hasta qué punto podremos salir vivos de aquí. Su ejército es casi infinito y eso que en el campamento vimos sólo una pequeña parte —respondió Soto, sentado sobre un barril.

—Tiene razón, capitán —prosiguió Pizarro—, pero nosotros tenemos armas que matan a distancia y armaduras y caballos... no se olvide de los caballos —repitió más para convencerse a sí mismo que a nosotros—. Son nuestra principal arma. Cada uno de nosotros, montado, vale por cien de ellos.

—Pero son miles... —susurró Pedro, no muy convencido con las palabras del gobernador.

Pizarro lo miró furibundo, pareció que iba a contestarle, pero luego se dirigió a su hermano y le dijo:

—Hernando, esta noche ten a los hombres preparados, que no se quiten las armaduras y que no se separen de las armas. Toda precaución es poca.

Y, dirigiéndose a Illencka, dijo:

—Illencka, tú conoces a AtaHuallpa mejor que nosotros. Háblanos de él.

Illencka, que estaba sentada cerca de mí, en el suelo, sobre una manta y que no había pronunciado palabra alguna hasta el momento, rodeó sus rodillas con los brazos, miró a Pizarro un instante y luego dijo:

—Es un gran guerrero, valiente…, cauteloso… y muy prudente. Es astuto como el puma y, a veces, cruel e intolerante. Trata bien a sus vasallos, pero no admite la traición. Las pocas veces que le he visto, cuando aún vivía su padre, y él y su hermano Huáscar peleaban juntos contra grandes enemigos, estaba siempre alegre y sabía bonitas canciones. Siempre fue muy amable conmigo y mis hermanos, pero en ocasiones, lo he visto tronar como la tormenta, rugir como el viento y matar como el jaguar, sin piedad —miró a Pizarro y fijando su ojos, agregó—. Apo, ten cuidado, es un gran enemigo… pero no olvides que es el Inca, su pueblo lo necesita y le es fiel.

Pizarro sonrió, no sin preocupación. Lo dicho por Illencka nos había dejado a todos sumidos en un espeso silencio.

El panorama no era esencialmente consolador.

Creo que ninguno de nosotros pudo conciliar el sueño. Desde la plaza, sobre la cual montamos guardias por turnos, pudimos observar, durante toda la noche, miles de pequeñas hogueras sobre la ladera de la montaña, encendidas por los guerreros de AtaHuallpa.

Nuestros ojos, a pesar nuestro, invariablemente buscaban aquellas luces que nos producían un estado cercano al pavor y que parecían velar nuestro desvelo.

LA ESPERA

Sábado, 16 de noviembre de 1532.

Esa fecha se fijaría para siempre en nuestra memoria como una de las más importantes en la conquista de aquel nuevo continente.

Con las primeras luces del alba, amanecieron también los primeros sonidos provocados por los preparativos para tan importante suceso.

No sabíamos a qué atenernos; desconocíamos cómo se irían a desarrollar los acontecimientos; las dudas y recelos aumentaban minuto a minuto.

Pizarro dio órdenes a los hombres para que se distribuyeran estratégicamente alrededor de la plaza, ocultos en los distintos galpones o kallancas. Convencido de una posible traición por parte del Inca, los separó en tres grupos. En uno de ellos estaba Hernando de Soto con quince hombres a caballo, en el otro grupo, oculto y con las armas listas, estaba su hermano Hernando y en el tercero, Sebastián de Belalcázar, ambos con el mismo número de soldados. El cañonero Gandía y sus artilleros con cuatro cañones fueron ubicados en lo alto de una pequeña atalaya que se levantaba al costado de la plaza. Los indios cargueros que nos acompañaban fueron enviados al fondo de las casas junto con todos los bultos y el fardaje.

En una de las viviendas, la que ofrecía mejor vista de todo el valle y la plaza, se encerró Pizarro con varios hombres montados. Junto a él, estábamos Pedro, el padre Valverde —con su Biblia y su crucifijo en las manos— Illencka y yo, con cuaderno y carboncillo: mis armas. El resto de los hombres, todos de a pie, se dispersaron ocultándose alrededor de la plaza, quedando ésta totalmente desierta. A simple vista, todo parecía indicar que en Cajamarca sólo quedaban algunas mujeres y niños ocupados en sus tareas habituales.

Éramos, en total, sesenta jinetes y ciento seis hombres a pie. Un número insignificante en comparación con los miles de guerreros de los que se componía el ejército de AtaHuallpa.

A media mañana llegó un enviado del Inca para decir que su señor quería que le dispusieran una de las casas —la que llevaba una serpiente grabada en la puerta de entrada— para su alojamiento y el de su comitiva. Que llegaría sin armas, en son de paz. Pizarro, nervioso por la tardanza de AtaHuallpa, le contestó rápidamente que cumpliría sus deseos. Más tarde, otro enviado solicitó que uno de nosotros fuera hasta el campamento de su señor para acompañarlo en su venida, petición a la cual Pizarro se negó, sospechando una trampa. Era indudable que el Inca lo había mandado con la firme intención de espiarnos ya que los ojos del enviado barrían toda la zona mientras hablaba con Pizarro, posiblemente tratando de descubrir nuestras posiciones y la cantidad de hombres con los que contábamos.

Al ver que el embajador no quedaba satisfecho con la respuesta de Pizarro, Illencka, que a su lado traducía la conversación, le dijo al gobernador:

—Apo, permíteme ir para que no desconfíen...

—No, Illencka, es demasiado peligroso; además, pide que sea uno de nuestros hombres y tú eres una niña, no querrá recibirte.

—No correré ningún peligro, si de alguien desconfía es de ti, no de mí y ten la seguridad de que sí querrá recibirme —dijo con voz firme y un tanto misteriosa.

Pizarro la miró con extrañeza y luego meditó un momento sus palabras. Yo, que me encontraba algunos pasos más atrás, deseaba en silencio que Pizarro no aceptara, pero éste dijo finalmente:

—Está bien, irás, pero ten cuidado.

—Lo tendré, Apo —se volvió hacia mí y con un gesto de saludo se perdió por la calle que conducía al campamento de AtaHuallpa, andando a la par de su embajador.

Quedé parado en el mismo lugar viendo como sus figuras se empequeñecían. En ese momento me invadió un mal presentimiento.

A lo lejos, aún se alcanzaban a ver los fuegos, ya casi extinguidos, del campamento del Inca.

La voz de Pedro sonó a mis espaldas:

—¡Eh, Espárrago! No te preocupes por ella, estará bien. Esa niña tiene más recursos que todos nosotros juntos. Ven —y me arrastró al interior de una de las viviendas, donde estaba parte de la tropa.

* * *

La mañana se deslizó demasiado lenta para mi gusto. La impaciencia nos tenía a mal traer. A menudo, los nervios provocaban repentinas discusiones, por motivos triviales, entre los soldados.

El gobernador había dispuesto, en una de las salas de la casa señalada por el embajador, un estrado digno de un rey, destinado al Inca si es que éste se arriesgaba a entrar en aquel lugar donde podía ser hecho prisionero fácilmente.

La espera era exasperante. Cualquier medio era utilizado por los hombres con tal de que el tiempo se hiciera más llevadero. Algunos limpiaban sus armas, una y otra vez, para comprobar su correcto funcionamiento; otros jugaban a las cartas; los demás limpiaban sus botas hasta dejarlas relucientes, pero si bien las manos se mantenían ocupadas el pensamiento de todos enfilaba hacia el mismo punto: AtaHuallpa.

Nos sentíamos atrapados, con un pie en el límite de lo incierto. Sin salidas.

Pizarro aguardaba con los hombres bien colocados en sus puestos, pasando revista a todo y controlando el armamento. No cesaba de moverse de un lado a otro de la casa, evaluando a sus hombres, a los caballos y a su propia persona. Creo que nunca lo había visto tan alterado. No era que los demás estuviéramos mucho mejor, pero su constante ir y venir nos estaba poniendo más nerviosos de la cuenta.

De repente, una voz gritó:

—¡Ya viene! ¡Gobernador!

Corrimos hacia una de las ventanas que estaba en la parte alta de la casa y miramos hacia el valle. En efecto, a lo lejos se veía un movimiento tumultuoso de guerreros que, a paso lento, se acercaba a Cajamarca. Debido a la enorme distancia no podíamos apreciar los detalles; nos resultaba imposible saber si el Inca venía con ellos.

Nuestros ojos enrojecieron con el esfuerzo, pero a medida que aquel interminable cortejo fue acercándose pudimos, por fin, distinguir la litera de AtaHuallpa, a hombros de sus guerreros. Sus brillantes vestimentas iluminaban el camino. A la distancia parecían una gigantesca alfombra de colores.

Pedro, que estaba a mi lado, dijo en voz baja, fijando su vista en la lentísima comitiva lejana:

—Ese indio es muy astuto… avanza despacio, sabe que estamos atrapados en su territorio y juega con nosotros.

—Sí, es evidente que nos está poniendo a prueba. Mira a Pizarro. Está que se sale de sí —le contesté.

Pedro contempló sobre su hombro las idas y venidas del gobernador y me replicó:

—No es para menos. Dentro de poco estaremos más secos que mi lengua. ¡Qué bien me vendría un vaso de chicha, maldita sea!

—No maldigas, Pedro... y ten confianza —dijo el padre Valverde a nuestras espaldas, con la nariz metida en su Biblia mientras se paseaba con lentitud por el recinto.

—Ya, ya, padre, dice eso porque a usted lo protege Dios. Yo ya no tengo ni al diablo de mi parte.

—¡No nombres al Enemigo del hombre! —le recriminó el fray dominico.

—El enemigo del hombre es ese indio que avanza hacia nosotros para hacernos papilla, padre —y mirando la pequeña Biblia que el sacerdote sostenía en sus manos, le dijo—. Será mejor que busque algo más contundente con qué darle, no creo que con eso lo convenza.

—¡Pedro! ¡Irás al infierno! —se escandalizó fray Vicente Valverde.

—Ahí es donde iremos todos dentro de poco, no estaré solo... —contestó Pedro.

El sacerdote, viendo perdida su batalla, optó por bajar y acompañar a Pizarro en sus nerviosos paseos de reconocimiento.

—¿Sabes —me dijo Pedro bajando la voz— que AtaHuallpa bebe la chicha en el cráneo de sus enemigos?

—¿Quién te ha dicho eso?

—Uno de los indígenas cargadores. Me contó que a su gran enemigo Atoc, el Inca le cortó la cabeza y, en lugar de exhibirla en una pica, como es costumbre aquí, al cráneo le ha pegado un vaso de oro con un canuto de plata que sale entre los dientes de la calavera y en él bebe la chicha y hace sus ofrendas a los dioses.

—Creo que el que bebe demasiada chicha eres tú —le dije y desvié la conversación hacia otro punto. Pero yo bien sabía que Pedro estaba diciendo la verdad. La crueldad de AtaHuallpa era referencia obligada cada vez que se hablaba de él. También a mí me habían contado lo del cráneo de Atoc, historia bastante truculenta si se la mira desde nuestros ojos, pero si entendemos que, en esas tierras, es muy importante el papel del guerrero, su valentía y su fidelidad, es fácil entender que, para ellos, realizar semejantes actos es una demostración de fuerza y poder, necesarios para gobernar un imperio tan extenso y rico como el del Tahuantinsuyu, y es fundamental contar con la fidelidad de todos los pueblos. La traición es pagada con la muerte.

*　*　*

La exasperante lentitud con que se movía aquel mar de hombres cubiertos con multicolores tocados de plumas fue aumentando nuestra impaciencia.

A nuestros oídos comenzó a llegar el redoble de tambores y voces entonando un canto que no supimos a qué atribuir.

—¿Será un canto de guerra? —pregunté a Pedro.

—Seguro. Y así como ahora suenan esos tambores, luego sonarán nuestras cabezas cuando nos las hayan cortado y las usen para hacer música —contestó mientras se limpiaba las uñas con la punta de un pequeño cuchillo.

—¡Pedro! ¡Te estoy escuchando! —gritó Pizarro, subiendo las escaleras.

Pedro no se amilanó y siguió murmurando por lo bajo:

—Ya verás cómo riegan los campos con la papilla de nuestros cerebros y los abonan con nuestros huesos, después de que hayan hecho sopa con ellos…

—¡PEDRO! —volvió a rugir Pizarro, poniendo de manifiesto su sensibilidad auditiva.

A pesar de la tensa situación, no pude menos que sonreír.

* * *

Poco a poco, el ejército fue acercándose, pero sus movimientos eran tan lentos que parecían estar aún a una distancia enorme.

Poco después, los pudimos ver con bastante claridad, sobre todo porque el primer grupo vestía los vistosos uncus o túnicas de cuadros rojos y blancos, que se destacaban a pesar de la lejanía.

Este compacto grupo, que ocupaba todo el ancho de la calzada, venía limpiándola de posibles obstáculos. Supuse que sería para evitar que los hombres que llevaban la litera real pudieran tropezar. Detrás de ellos avanzaban tres grupos diferentes, cuyas ropas se destacaban igualmente por sus colores y bellísimos diseños. A los costados de la calzada, flanqueándoles el paso, venían miles de guerreros aparentemente desarmados aunque ninguno de nosotros confiaba demasiado en que aquello fuese así. El primer conjunto de guerreros vestía camisetas muy estrechas sin mangas que les dejaban los brazos libres. Sabíamos por experiencia que así vestían los honderos, expertos en el manejo de la honda.

Detrás de ellos, un compacto grupo de hombres vestidos con amplias túnicas, en apariencia, sin armas.

—Son muchos... ¿no? —preguntó Pedro a mi lado.

—Unos ocho mil... —dije.

—¡Qué! —exclamó Pedro mirándome como si estuviera loco.

—Ocho mil en la vanguardia... Y otros ocho mil en la retaguardia... Más dos mil que acompañan la litera real... Serán, en total, dieciocho mil hombres... —concluí.

Pedro abrió la boca y tardó en volver a cerrarla. Cuando al fin lo consiguió, exclamó:

—¡Qué bestias! ¿Qué piensan que somos? ¿Dioses?

—Algo así... —respondí, lo cual pareció tranquilizarlo.

A nuestras espaldas, Pizarro se removía inquieto, mientras nos oía hablar. Sabía que yo no exageraba. Mis cálculos rara vez fallaban.

—Parece que vienen desarmados, gobernador —le dijo Pedro.

—No lo creo. Esas túnicas que visten seguramente ocultan hachas y porras de piedra o, quizás, de bronce —y con voz preocupada, agregó—: en el manejo de esas armas son muy hábiles. Se las he visto empuñar en Túmbez y ver cómo las utilizan pone los pelos de punta. De un solo golpe arrancan la cabeza de un hombre...

—Es lo que yo decía. Y después hacen música con ella —Pedro se apresuró a interrumpirlo.

Pizarro le asestó una mirada que mi amigo, ocupado en mirar hacia el valle, no llegó a ver.

Afuera, la plaza estaba habitada sólo por algunos chiquillos que jugaban despreocupadamente con piedrecillas de colores, ajenos a la realidad y ocupados sólo en dar rienda suelta a su imaginación. Adentro, un grupo de hombres jugando con su propio destino, preguntándose, quizás, si había valido la pena llegar hasta allí. Como me lo estaba preguntando yo.

Desde el patio nos llegaban los resoplidos nerviosos de los caballos y el entrechocar de algunas espadas. Opiniones vertidas en voz baja, murmullos y maldiciones de los soldados, tensos por la espera. A lo lejos, la comitiva que se aproximaba con desesperante lentitud. Y junto a nosotros, un temor sordo cubriendo de sudor nuestras espaldas y agarrotando las manos de los soldados en el pomo de las espadas.

Todos aguzábamos la vista para poder distinguir al Inca, pero aquel gentío parecía inmóvil, como en un mal sueño, en el cual la amenaza del peligro nunca termina de llegar.

El silencio en la plaza apenas era roto de vez en cuando por algún relincho nervioso o el ruido fortuito de los cascos golpeando el empedrado, apagado por los muros tras los cuales nos ocultábamos.

Pizarro se estaba impacientando y fray Valverde trataba de calmarlo, en vano.

¡Ahora sí! Por fin ya se distinguía la figura de AtaHuallpa, aunque empequeñecida por la distancia. Su pesada litera era portada por casi cien hombres, quienes la balanceaban con un ritmo armonioso. Iban vestidos con ricas túnicas en brillante azul. Parecían un mar mecido por el viento.

Sobre la litera real alcanzamos a distinguir la figura de AtaHuallpa, orgullosa e imponente, sentado en su trono.

Cuando ya la entrada a Cajamarca era inminente, Pizarro nos dijo que bajáramos a la planta inferior y montáramos a caballo. Desde allí contemplaríamos la llegada del Inca a la plaza.

—No hagáis ruido; apenas el Inca entre a la plaza, fray Valverde saldrá a hablar con él. Desde aquí podremos apreciar su reacción.

Sin embargo, AtaHuallpa parecía tener otras intenciones, porque poco después pudimos observar desde nuestro refugio cómo, a una distancia bastante considerable de la entrada a la plaza, la comitiva se detenía. Esperamos en vano que se reanudara la marcha, pero esto no ocurrió. Aparentemente, pensaban quedarse allí.

—Pero... ¡¿QUÉ HACEN?! —exclamó Pizarro al borde de la exasperación y sujetando a su caballo, ansioso de movimiento.

—Parece como si se fueran a quedar allí... —arriesgué.

La perspectiva de esperar otro día la llegada del Inca y aguardar toda la noche, con los nervios tensos y casi a punto de estallar, no nos llenaba precisamente de regocijo.

Pedro se acercó a Pizarro y le preguntó sobre la conveniencia de enviar una embajada para preguntarle el motivo de la tardanza, pero Pizarro, más cauteloso, le contestó:

—No creo que sea lo más apropiado. Demostraríamos nuestra impaciencia. Además, sería arriesgar demasiado enviar una embajada porque debilitaríamos nuestras fuerzas. Cada uno de mis soldados es tan indispensable para mí como un ejército para él.

Pizarro tenía razón, pero la incertidumbre a que aquella situación nos conducía era, desde todo punto, insoportable.

Poco después, vimos, perplejos, cómo algunos guerreros preparaban la tienda del Inca. Era evidente que nuestras sospechas se iban a convertir en realidad: AtaHuallpa tenía la intención de hacernos esperar otra larga noche para desgastarnos moralmente, para tensar aún más nuestros nervios, para que nos delatáramos en nuestra impaciencia. Era astuto, muy astuto y sumamente inteligente. En ese momento comprendí a lo que nos enfrentábamos. No era sólo el poderío de un gran ejército. Era el poder de un gran hombre, conocedor como pocos del alma de sus enemigos. En ese preciso instante se despertó en mí un enorme respeto y admiración hacia aquel hombre desconocido. Sentimiento que, meses después, se convertiría en verdadera amistad.

Uno de los soldados de Pizarro se acercó a él:

—Gobernador, si me permite, iré hasta donde está AtaHuallpa, conozco el idioma quechua. Hablaré con él.

Era Hernando de Aldana, soldado de a pie. Estaba acostumbrado a las largas marchas sin descanso. Debido a eso su paso era seguro y ágil, lo cual le daba un porte majestuoso y decidido.

Pizarro, si bien en un primer momento le negó el permiso, hubo de pensarlo después, ante la insistencia de Aldana. Al fin, se dejó convencer y lo dejó marchar no sin darle, antes, miles de recomendaciones.

Cuando ya estaba atravesando la plaza, Pizarro se acercó a mí y me dijo:

—Fernando, síguelo. Quiero que registres lo que hable con AtaHuallpa.

Obedeciendo al gobernador, seguí los pasos de Aldana a prudente distancia, aunque tuve que esforzarme para no alejarme demasiado de él, ya que su paso era mucho más rápido que el mío.

Salimos de Cajamarca, rumbo al valle. Poco después, entrábamos en el campamento del soberano.

Aldana caminó, sin dudar, entre una doble hilera de guerreros y señores que acompañaban al soberano.

Al avanzar hacia AtaHuallpa, nadie nos impidió el paso. Yo me quedé algunos metros más atrás, los suficientes como para no molestar al Inca con mi presencia, pero los adecuados como para no perder palabra de la entrevista.

A un costado, rodeada de los curacas, vi a Illencka. La noté preocupada, pero serena. Me sonrió desde lejos. Verla me tranquilizó.

AtaHuallpa observó nuestra llegada con frialdad. Su presencia era imponente.

El llauto con la rica mascapaicha rodeaba su frente, enalteciendo aún más su rostro altivo. Sobre su pecho refulgía un grueso collar de esmeraldas que cubría, en gran medida, la parte alta de su lujosa túnica. Una amplia capa carmesí bordada en oro y con aplicaciones de jade cubría sus hombros y ocultaba el pequeño trono en el cual estaba sentado.

Aldana se plantó frente a él, con su mano apoyada en el pomo de la espada. Comenzó a hablar:

—El gobernador Pizarro te envía sus palabras de amistad y te pide que vayas hacia él, como lo prometiste, no puedes faltar a tu palabra.

Se hizo un gran silencio. Mi conocimiento del quechua era mayor que el de Aldana y tarde comprendí que no había utilizado las palabras más adecuadas. Posiblemente, el Inca se sintió exigido y, como máximo representante del poder sobre aquel reino, no podía permitirlo.

AtaHuallpa se levantó violentamente de su asiento con el rostro contraído por la furia y se abalanzó sobre Aldana:

—¡MISERABLE EXTRANJERO! ¡¿TE ATREVES A DARME ÓRDENES?!

Aldana, al ver avanzar al Inca, cerró con fuerza su mano derecha en torno a la empuñadura de la espada, mientras todos sus músculos se ponían tensos y su rostro se contraía.

El Inca aferró con fuerza la muñeca del soldado para obligarle a apartar su mano del arma, pero Aldana apretó aún más sus dedos que se volvieron blancos por el esfuerzo, mientras su mirada se clavaba en la furiosa mirada del monarca.

Aquel forcejeo duró algunos segundos durante los cuales, AtaHuallpa, sin apartar sus ojos de aquellos otros que lo miraban con valentía y calma, comprendió que su fuerza y su poder no eran suficientes para que aquel hombre apartara su mano de la espada.

Algunos de sus guerreros se adelantaron para ayudar a su señor, pero el Inca los hizo retroceder con un enérgico ademán.

En ese momento, Illencka se acercó en silencio al Inca y, colocándose a su lado, tendió su mano derecha hacia él, con la palma hacia arriba. AtaHuallpa volvió su atención hacia ella y la miró primero con disgusto por la interrupción, luego pareció pensarlo mejor y fijó su mirada en la mano de la niña que continuaba abierta, frente a él. No pude ver que llevaba en ella, pero entre sus dedos se escapaba un leve resplandor que le doraba la piel. El Inca serenó repentinamente su rostro. Colocó, entonces, su mano sobre la de la niña, cubriéndola y el resplandor surgió también entre sus dedos.

Todos los guerreros y señores de la corte bajaron sus cabezas en señal de sumisión y quedaron en completo silencio.

Nunca supe si lo que sucedió a continuación fue a raíz de haber comprendido AtaHuallpa que Aldana era tan valiente y digno de respeto como él o a aquella extraña ceremonia a la que lo obligó la niña. Lo cierto es que después de unos interminables minutos en los que creí que todo concluiría fatalmente, AtaHuallpa soltó su mano, miró a Aldana con expresión serena y dijo:

—Dile a tu señor que pronto iré a verle. Esta misma tarde entraré en la plaza de Cajamarca.

Aldana se despidió de él con una reverencia y se volvió hacia mí. Una rápida sonrisa iluminó su cara y cambió su gesto adusto por otro de triunfo. Cuando pasó frente a mí, me apresuré en seguir sus pasos, no sin antes buscar a Illencka con la mirada para despedirme de ella. Ya no estaba allí. Había desaparecido.

Me puse a la par de Aldana. Pequeñas gotas de sudor corrían desde su frente hasta sus mejillas. Noté que sus manos aún estaban rojas por el esfuerzo que había realizado. Pero un gesto de alivio le suavizaba los rasgos y cambiaba su expresión, aunque noté ciertas dudas en él. Sabía a qué se debían y rogué que no me hiciera preguntas, pero él se volvió hacia mí y me interpeló:

—Fernando, ¿tú viste lo que yo vi?

—¿A qué te refieres?

—A Illencka y su extraña actitud hacia el indio.

Pensé unos segundos la respuesta. Aldana, al igual que muchos de los españoles, era muy supersticioso. Habían arribado a estas tierras temiendo encontrar fabulosos seres de pesadilla de acuerdo a lo que los primeros exploradores habían contado de sus viajes. Hombres sin cabezas, de un solo pie, seres mitad hombre mitad animal comedores de carne humana, sirenas y otros tantos frutos de mentes ignorantes. Aunque muchos ya se habían convencido de que todas esas leyendas eran sólo eso, leyendas, el menor indicio de algún hecho particular o incomprensible podía desatar nuevamente una ola de rumores que era lo que menos necesitábamos en aquellos momentos.

—No hagas demasiado caso, será alguno de sus raros rituales. Son muy comunes entre ellos —dije sin darle demasiada importancia.

No sé si me creyó, pero no volvió a preguntar nada más.

LA BATALLA

Al llegar junto a Pizarro, lo pusimos al tanto de lo ocurrido. Si bien se mostró satisfecho del resultado de la entrevista, observé, durante la conversación, una sombra en su entrecejo.

Apenas Aldana se retiró de la sala, Pizarro se acercó a mí y me dijo:

—Fernando, esto se complica. La reacción del Inca demuestra que sus ánimos están alterados. Esperemos que en la entrevista que tendré esta tarde, Illencka sepa traducir mis palabras adecuadamente.

—No tema, gobernador, ella conoce el idioma quechua a la perfección y también conoce a AtaHuallpa.

—Sí, es verdad —reconoció. Se dirigió hacia la escalera que conducía a los pisos superiores y desde allí llamó—. ¡PEDRO!

Al momento, bajó Pedro y Pizarro le ordenó que le comunicara a los capitanes Soto, Hernando Pizarro y Belalcázar que estuvieran preparados, pero que, ocurriera lo que ocurriera, la vida de AtaHuallpa se debía respetar sobre todas las cosas.

—¡Ah! —exclamó Pizarro cuando ya Pedro se retiraba—. Y diles que coloquen cascabeles a los caballos…

—¿Cascabeles? —preguntamos al unísono Pedro y yo.

—Sí, cascabeles. Lo hicimos en Túmbez y eso producía pavor en los indígenas, es posible que ahora también dé resultado.

Pedro me miró como no entendiendo nada, se encogió de hombros, pero se apresuró a cumplir las órdenes de Pizarro. Inmediatamente se alertó a los soldados que estaban dentro de la casa, cada uno ubicado en un sitio estratégico. Los hombres a caballo permanecieron en los patios que daban al frente, dispuestos a entrar inmediatamente en combate a la menor señal de peligro. Gandía, el cañonero, seguía en lo alto de la atalaya que dominaba la plaza, con sus cañones orientados hacia la entrada de la misma, por donde llegaría el Inca.

A partir de ahí, todo fue espera y nervios. Por la tarde, después de comer frugalmente, subí a la parte superior de la casa con Pedro, para poder atisbar desde allí los movimientos en el valle.

Pasaron varias horas durante las cuales cada uno de nosotros se las ingenió como pudo para pasar el tiempo. Pedro y yo, asomados a la ventana, observábamos en silencio el valle, donde todo estaba quieto y como dormido. Ya el sol había comenzado a agacharse en el horizonte tiñendo de oro la plaza de Cajamarca con sus sombras crepusculares.

—Oye, Espárrago —me preguntó Pedro, apoyado en el alféizar de la ventana, mientras jugaba con un pequeño cuchillo que le había ganado al fundidor Pablo de San José en una partida de ajedrez—, ¿qué hay de cierto en lo que dijo Aldana? Sobre algo muy raro que ocurrió con Illencka y el indio...

Me lo temía. Aldana no sólo no me había creído sino que había estado desparramando inquietud entre los soldados.

—No ocurrió nada raro... que yo sepa —dije como al descuido, pero Pedro insistió:

—Sin embargo, dice que Illencka transformó su mano en oro y se la entregó al Inca.

—Eso no fue así, Aldana tiene demasiada imaginación.

Pedro se calló, pero no por mucho tiempo:

—En esta tierra ocurren cosas raras... y hay seres raros, también... —dijo como para sí—. Matar a un hombre con un solo pie es fácil, no pueden correr mucho, pero... ¿qué haces con uno mitad hombre, mitad caballo? ¿Lo montas o le enseñas a jugar al ajedrez? ¿Y qué me dices de los gigantes que encontró Fernando de Magallanes en sus viajes?

—También encontró amazonas, mujeres guerreras... —dijo uno de los soldados que estaba de guardia, al escuchar lo dicho por Pedro.

—¡Y Cristóbal Colón encontró cíclopes, grifos y sirenas! —exclamó Juan de La Vega, apoyando a su compañero.

—... y hombres con cola —sostuvo otro.

—… iguales a monos…

Recriminé a Pedro por lo bajo:

—¿Ves lo que has conseguido? Estos hombres aún creen en esas patrañas…

Pedro se rió y me contestó:

—No te preocupes, es sólo una conversación sin importancia. ¡Qué van a creer en todo eso!

Miré a los soldados que montaban guardias. Seguían murmurando entre ellos:

—… y dicen que si te atrapan te comen el hígado y las tripas…

—Y también la carne de la cabeza, el cerebro y la lengua…

Pedro, al oírlo, gritó, a voz en cuello:

—¡Entonces tú no tienes de qué preocuparte! ¡Cerebro no tienes y la lengua te sobra!

En ese momento escuchamos redoble de tambores y cánticos. Miramos hacia el valle. A lo lejos, la comitiva abandonaba su quietud y reiniciaba la marcha. Pedro corrió hacia la escalera:

—¡Gobernador! ¡Ya vienen!

Abajo se escucharon ruidos metálicos y voces. La voz de Pizarro retumbó contra las piedras de la casa dando las últimas órdenes.

Desde nuestro puesto observamos cómo el mar de hombres se acercaba a Cajamarca. Los tambores y los cánticos seguían poblando el aire. Podían ser sones de bienvenida, de honor al Inca, de triunfo, pero a nosotros nos sonaban a muerte.

Guardamos silencio, un silencio pesado que nos envolvió como una manta durante muchísimos minutos. Se podía oír el aire circulando por nuestros pulmones. Al olor acre de los caballos y al del sudor de los hombres se volvió a agregar el olor ambiguo del miedo.

Poco después entraban en la plaza los primeros soldados y se colocaban junto a los muros cubriéndolos por completo, preparando el terreno. Seguidamente los encargados de limpiar el polvo del suelo, y tras ellos todos los demás, que se ubicaron en los costados de la plaza dejando un amplio espacio vacío en el centro de la misma.

En ese momento callaron los tambores y los cánticos y la litera del Inca, porteada por 80 de sus hombres entró a la plaza. AtaHuallpa se presentaba con la máxima suntuosidad.

El espectáculo era magnífico. Jamás había visto tal despliegue de riqueza y poder. Todo ello se debía, sin duda, a su intención de deslumbrarnos, ¡y por Dios que lo estaba consiguiendo!

Su soberbio collar de esmeraldas refulgía capturando los últimos rayos de sol y llenaba el espacio de pequeños reflejos tornasolados, mientras el azul brillante de los vestidos de los porteadores hacía un bello contraste con el oro y la plata de su litera.

El brillo de aquellas gemas, el rico bordado de sus prendas y el despliegue de su imponente ejército, nos asombró de tal manera que, a pesar de haber visto otras riquezas a lo largo de nuestra conquista, ninguna era comparable a aquélla. Mis compañeros permanecían mudos y, muchos de ellos, tenían la boca abierta, sobre todo Pedro, que ni siquiera pestañeaba.

Lo que más me llamó la atención, después de la figura del Inca, fue la litera que lo portaba. Los largueros de la misma estaban forrados en oro y plata y llevaban incrustaciones de jade y adornos de plumas irisadas de infinitos colores brillantes. De la misma manera iba adornado el amplio parasol que cubría toda la superficie de la litera, protegiendo al Inca con su sombra.

Tras la litera real, venían otras dos de tamaño reducido, pero igualmente espléndidas. En ellas venían dos hombres, ricamente ataviados, casi tanto como el Inca. Uno de ellos era el poderoso curaca de Chincha, la región más rica de todo el imperio. En las tertulias que sosteníamos casi siempre surgía el tema de esa zona que guardaba incalculables riquezas. El señor de Chincha había sido fiel a Huáscar y, al ser éste vencido por AtaHuallpa, el poderoso curaca había entregado gran parte de sus riquezas al Inca, como demostración de respeto y fidelidad a su nuevo señor.

A pie, detrás de ellos, venían los nobles y señores de la corte, con pesados collares de oro cubriendo sus pechos y anchos brazaletes adornando sus brazos.

Cerrando la comitiva avanzaba un numeroso grupo de guerreros portando estandartes reales con la serpiente, símbolo del Inca, armados con pequeñas lanzas arrojadizas y otro grupo, igualmente numeroso, llevando largas picas de madera de puntas afiladas.

—¡Allí está Illencka! —me gritó Pedro, tirándome del brazo y señalando la litera real.

En efecto, parada detrás del trono del Inca, apenas asomada por su corta estatura, se veía el rostro de mi amiga. Su carita estaba seria y me pareció preocupada.

—Será mejor que bajemos —dijo Pedro dirigiéndose a la escalera.

Abajo se respiraba nerviosismo. Los caballos, contagiados, se removían inquietos mientras los hombres tiraban de las riendas para sujetarlos.

Miré a Pizarro. Con una mirada aguda comprobó, por última vez, la posición de sus hombres, de los caballos y la de sus propias armas: la larga espada que pendía de su cintura y un pequeño cuchillo oculto en su cinturón.

Afuera, la litera del Inca se había detenido. Un hombre con un estandarte se adelantó hacia una de las atalayas y allí clavó la pica que llevaba el símbolo de AtaHuallpa.

El Inca se había puesto de pie y buscaba con la mirada alrededor de la plaza, extrañado de verla desierta.

Entonces fray Valverde salió de la casa en que nos ocultábamos y se dirigió hacia él con el crucifijo y la Biblia en las manos. Aquella actitud era una especie de procedimiento legal de la conquista, ya que teníamos orden expresa de intentar, en primer término, convencerlos por medio de la palabra y la religión. Sólo si aquello fallaba se emplearían las armas.

Pizarro me ordenó en voz baja:

—Fernando, ve con él. El padre dominico no sabe hablar quechua. Espero que Illencka traduzca correctamente. Sal sin armas, escribe lo que oigas y, ¡por Dios!, ten cuidado...

Corrí tras el fraile que avanzaba decidido hacia el soberano quien miraba extrañado la figura de fray Valverde, que se acercaba a él con paso decidido, vestido con su blanca túnica y sus sandalias de cuero, y llevando en sus manos dos extraños maderos cruzados y una pequeña caja que parecían ser inofensivos, según decían los indios.

El Inca, al notar mi presencia, pareció reconocerme y al no vernos armados, ni a fray Valverde ni a mí, pareció tranquilizarse, aunque aún conservaba el gesto de extrañeza.

El padre dominico comenzó a hablar mientras levantaba el crucifijo y abría su Biblia, que manejaba con destreza.

Yo escribía en mi cuaderno todo lo que él decía, mientras Illencka, a espaldas del Inca, traducía fielmente sus palabras:

—Es el sacerdote de los españoles. Te habla de su dios, del dios de los cristianos.

Fray Valverde siguió varios minutos con su discurso.

El Inca pareció impacientarse.

—¿Qué más dice ese cristiano? —preguntó a la niña.

—Habla también del Rey de España, es muy poderoso, tanto como tú y dice que ellos sólo traen palabras de amistad y que debes creer en su dios…

Al oír esto, AtaHuallpa se puso de pie, furioso y, dirigiéndose al sacerdote, le gritó:

—¡Mientes! ¡No traéis amistad! ¡Desde que habéis entrado en mis tierras sólo habéis matado a mi gente! ¡Habéis dormido en las casas de mi padre sin solicitar mi permiso! ¡Habéis matado a mis curacas y robado sus pertenencias!

Fray Valverde siguió con su disertación. Sus palabras se encimaban a las del soberano. A Illencka le estaba costando mucho trabajo traducir aquel torrente de palabras:

—Dice que las palabras de su dios son buenas…, dice que creas en él…, dice que te recompensará con la vida eterna…, dice…

El Inca se enfureció aún más:

—¡Dices!¡Dices! ¡No entiendo lo que dices! ¡Hablas de un dios que no conozco! ¡Dices que él habla por tu boca! ¡¿Cómo sabes lo que dice tu dios?!

Fray Valverde esgrimió la Biblia en alto:

—¡Porque lo dice este libro sagrado!

—¿En esa pequeña caja está tu dios?

—En ella están las palabras de Dios… —dijo el sacerdote mientras le alargaba la Biblia.

AtaHuallpa se la arrancó de las manos y la miró con detenimiento. Intentó abrirla como había visto que hacía el fraile. Éste, al ver que el Inca tenía dificultades quiso ayudarle pero AtaHuallpa, con un gesto de desprecio lo apartó de un empujón. Obstinado, insistió hasta que logró su propósito y, al ver dentro sólo hojas de papel con extraños signos que nada le decían, la arrojó lejos de sí, con furia:

—¡Tu dios te habla a ti, pero no me habla a mí!

Fray Valverde, pálido, comenzó a retroceder. Le alcancé la Biblia que había caído a mis pies. La tomó con manos temblorosas, luego echó a correr, gritando:

—¡Sacrilegio! ¡Sacrilegio!

AtaHuallpa, parado en su litera, siguió gritando que no se bajaría de ella para hablar con los españoles hasta que no le devolvieran todo lo que le habían robado.

Illencka quiso descender de la litera, pero el Inca, al notar sus intenciones, la tomó firmemente de la muñeca y la acercó a él, como protegiéndose en ella, mientras buscaba con su mirada la presencia de mis compañeros, ocultos en las casas circundantes.

En ese momento oí un grito. Era Pizarro dando la orden de ataque.

Lo vi salir como una exhalación a toda carrera, blandiendo su espada y con la capa enrollada en su brazo izquierdo a modo de escudo, al frente de sus hombres. Al verlo, el cañonero Gandía accionó uno de sus cañones. El tiro cayó justo en mitad de la plaza, inundando el aire de humo y olor a pólvora y matando a varios indios. Los aterrados guerreros se dispersaron. Algunos de ellos atinaron a sacar las armas que llevaban escondidas debajo de las túnicas, pero la sorpresa del ataque los había dejado casi paralizados. Los porteadores trataban de sostener las literas que se tambaleaban ante el empuje de los caballos que, largados a la carrera, causaron pavor entre aquella gente. Hernando Pizarro, Soto y Belalcázar, al oír el primer disparo del cañón, habían salido con sus hombres a toda carrera, matando a los que caían bajo las patas de los caballos. Los soldados de a pie avanzaron sobre los honderos que, espantados y desorganizados, no atinaban a defenderse ni a parar los golpes de espada que les caían como una lluvia de hierro y muerte. Los que lograban zafarse de las armas morían bajo el peso de las bestias, encabritadas por las voces de guerra y los disparos, mientras el sonido estridente de los cascabeles, que parecía brotar de sus gargantas, los asemejaba a seres de pesadilla.

Alguien me alcanzó una espada. Me puse a luchar al lado de Pedro, mientras buscaba con la mirada al Inca que aún permanecía en pie sobre la litera, aferrando a Illencka y dando órdenes que nadie escuchaba. Los gritos y alaridos llenaban la plaza y los cuerpos caídos a nuestro alrededor nos dificultaban los movimientos. El estruendo y el humo producido por los disparos de los cañones aumentaban el clima de horror y tornaban dantesca la escena. Los jefes y curacas habían formado una barrera de protección en torno al Inca, mientras los porteadores seguían haciendo enormes esfuerzos para no dejar caer la litera. Si alguno de ellos caía herido era suplantado inmediatamente por otro, mientras la sangre de sus hombres salpicaba las ricas vestimentas del soberano.

Cuando más encarnizada estaba la lucha se oyó la voz de Pizarro:

—¡No toquéis al indio!

En ese momento, la litera se inclinó hacia uno de los lados, el lado por el que precisamente se acercaba Pizarro montado en su caballo lanzado a la carrera y que le abría paso entre los honderos y los propios españoles. Al llegar junto al Inca, alargó su brazo y sujetó a AtaHuallpa.

De un tirón lo arrancó de la litera y lo montó junto a él, en tanto lo aferraba fuertemente impidiéndole los movimientos, mientras Soto y dos soldados cabalgaban a su lado para protegerlo.

Cuando los guerreros intentaron buscar a su señor no pudieron encontrarlo, había desaparecido entre el humo y un remolino de espadas.

En medio de aquel mar de terror y sangre vi cómo Pizarro desaparecía dentro de una de las casas llevando al Inca.

* * *

Poco a poco, la batalla fue llegando a su fin, los guerreros que intentaron huir fueron aplastados por las patas de los caballos, aunque muchos de ellos pudieron ponerse a salvo huyendo a campo abierto.

Busqué a Pedro, pero no estaba a mi lado. Temiendo lo peor, comencé a recorrer aquel mar de cuerpos. Pregunté a Soto si lo había visto, no sabía nada, ni tampoco Gandía, nadie lo había visto, parecía que se lo había tragado la tierra. Tampoco veía a Illencka por ninguna parte.

Desesperado, me apoyé contra el muro de una de las casas y en ese momento escuché una voz que me llamaba:

—Fernando Espárrago… Fernando Espárrago…

Miré hacia el lugar de donde venía la voz. En las penumbras de un portal vi a mi amigo tendido en un charco de sangre con dos lanzazos, uno en la pierna derecha, otro en un costado. A su lado estaba Illencka, reteniéndole la cabeza sobre su túnica que lentamente se iba tiñendo de rojo.

Corrí hacia ellos. Illencka lloraba. Con voz entrecortada me dijo:

—Quiso defenderme…, se acercó a la litera y me sacó de ella… pero cuando huíamos, varios de los guerreros nos atacaron…

Me incliné sobre Pedro, tomé una de sus muñecas y noté que su pulso latía tenuemente mientras su tibio aliento me rozó la cara.

—¡Está vivo!

—Sí, pero no está bien, nadita bien…

—Illencka, ¿tú estás herida?

—No, Fernando, estoy bien… pero tú tienes sangre en la mano…

En el calor de la lucha no había notado que la palma de mi mano izquierda sangraba abundantemente. Era una herida bastante profunda que, en ese momento recordé, me había hecho con el arma de un guerrero al querer parar el golpe que estaba destinado a mi cuerpo. Pedro había acabado con él. Después de eso me había arrastrado hasta un portal y allí me había dejado, fue entonces cuando perdí su rastro.

—Tenemos que llevarlo adentro, Illencka —le dije, pero al tratar de cargar a mi amigo me di cuenta de que su enorme peso era demasiado para mí. En ese momento, vi a Hernando de Soto que con el rostro desencajado venía hacia nosotros gritando el nombre de Pedro. Al llegar y ver la escena empalideció y me interrogó con la mirada.

—No, no está muerto, pero tiene dos heridas muy profundas. Hay que llevarlo adentro de la casa.

Soto gritó una orden a dos soldados que por allí estaban y éstos se acercaron. Entre los cuatro pudimos entrar a Pedro en la casa que tenía la serpiente en el frente, la misma en la que momentos antes había visto entrar a Pizarro con el Inca prisionero.

ENTREVISTA CON ATAHUALLPA

Dentro de la casa, en un lado de la amplia estancia, estaba el trono que Pizarro había dispuesto para AtaHuallpa. Éste se encontraba sentado en él, con su rica túnica en desorden, manchada de sangre. A su lado, dos soldados españoles lo custodiaban y frente a él se hallaba Pizarro. Al vernos entrar, el gobernador se acercó a nosotros visiblemente preocupado:

—¡Pedro! ¿Está...?

—No, aún vive, pero está malherido... —dijo Soto.

Pizarro ordenó disponer una de las habitaciones contiguas donde había una gran mesa y sobre ella colocamos a Pedro.

Álvaro de Alcántara, nuestro médico, con evidentes signos de fatiga, llegó corriendo al ser avisado. Inspeccionó las heridas y su rostro se crispó en un gesto de contrariedad.

Inmediatamente dispuso todo para curar a Pedro con los escasos medios de que disponíamos.

Como yo nada podía hacer, salí de la habitación y me senté en un rincón de la sala ya que las piernas apenas me sostenían.

Illencka se acercó a mi lado y se sentó junto a mí. Tomó mi mano y con la carita muy seria se puso a observar la herida. Su túnica estaba manchada con la sangre de Pedro y no le importó seguir manchándosela con la mía. Su cabello negro estaba despeinado y tenía un pequeño tajo en la mejilla derecha. Sacó un pañuelo de su chuspa y con meticulosidad fue limpiándome la herida, luego puso en ella su mano, la dejó por algunos segundos y después la cubrió con la cinta que rodeaba su frente, le dio varias vueltas y la ató con un nudo muy extraño. Mientras lo hacía daba la impresión de estar escribiendo algo. Después me trajo un cuenco con agua y me dio a beber como si yo fuera un niño.

—Gracias —atiné a decirle. Ella sonrió y se apoyó en mi hombro.

Mientras el médico curaba a Pedro observé el extremo de la sala donde se hallaba AtaHuallpa.

Pizarro, al ver las ropas destrozadas del soberano, había ordenado a los indígenas que nos acompañaban que trajeran otras limpias para que pudiera cambiarse. AtaHuallpa no rehusó ponérselas aunque no eran tan suntuosas como exigía su rango. También el trono en el que estaba sentado había sido cubierto por finos tejidos y, en general, el trato que le estaba dando Pizarro era de sumo respeto.

Fuera, seguían los gritos y los ruidos. Los últimos hombres del Inca caían para ya no levantarse y era evidente que AtaHuallpa así lo había comprendido, asumiendo la derrota.

No obstante, no había perdido nada de su porte orgulloso y digno, y se mostraba agradecido de que Pizarro lo tratara con tanta consideración, sin intentar humillarlo con su triunfo.

El gobernador, al vernos en un rincón, se acercó con paso calmo. Se arrodilló junto a nosotros y en voz baja le dijo a Illencka:

—Illencka, necesito que traduzcas lo que voy a decirle al Inca…

Ella se puso de pie y ambos se acercaron a AtaHuallpa. Éste, al ver a la niña, la miró un instante y luego le habló en un tono que me pareció extraño en él. No había furia ni altanería en su voz sino más bien sumisión. A raíz de haber empleado un tono tan bajo no alcancé a escuchar bien, pero sus palabras no parecían sonar a quechua, tampoco lo fueron las dichas por Illencka, en contestación a las de él. Pizarro, extrañado, le preguntó qué había dicho el soberano, pero Illencka se limitó a bajar la cabeza y decir que no era nada importante, sólo una especie de saludo.

A continuación, el gobernador le explicó al Inca poco más o menos lo mismo que había dicho Fray Valverde en la plaza, pero con menos entusiasmo y con mayor calma, tratando de que el soberano lo entendiera. Le habló de nuestro Rey, Carlos V, Emperador muy poderoso —servidor también de ese mismo Dios en el que creíamos todos los españoles– y que, además, era un gran guerrero y que había vencido a enemigos de su patria y de su fe.

Intentó convencerlo para que sirviera al Emperador y a ese Dios y luego le explicó que si habíamos matado a muchos de sus hombres no fue porque éramos crueles y sanguinarios. Que él, como guerrero, tenía que entenderlo. Y que traíamos un mensaje de paz y amistad. Que las guerras sostenidas en la Puná y en Túmbez no las habíamos provocado nosotros y que si él ahora había sido vencido no era debido a su cobardía sino porque nuestro Dios así lo había querido.

Después de este último razonamiento de Pizarro, el Inca, que había permanecido en silencio, quedó pensativo. Lo vi sonreír con satisfacción. Evidentemente, Pizarro había sabido escoger bien las palabras. El soberano no se sentía humillado en absoluto, sino orgulloso de haber peleado contra tan grande enemigo.

En esos momentos, los capitanes Hernado Pizarro y Belalcázar, junto con otros, entraron a la estancia, con aspecto cansado, pero festejando con risas el triunfo. Pizarro ordenó que se callaran y señaló hacia la habitación contigua donde Pedro mantenía su vida en un hilo.

Inmediatamente cesaron las voces y quedaron compungidos al saber la mala suerte de Pedro. Mi amigo era un hombre querido por todos, a pesar de sus bruscos modales y su carácter aparentemente irascible.

La entrada del médico en la sala hizo brotar un angustioso gesto de interrogación en nuestros rostros. Se acercó a nuestro grupo mientras se limpiaba las manos manchadas de sangre en un trozo de lienzo.

—Hice lo que pude. Pedro es muy fuerte, pero las heridas son muy profundas y ha perdido mucha sangre. No creo que viva.

Me sentí impotente. De repente, todos los gratos momentos vividos junto a aquel gigantón se quedaron atrás, delante había un vacío inmenso. No podía entender nada. Nunca se me había ocurrido que a Pedro pudiera pasarle esto, a pesar de estar acostumbrado a presenciar batallas y muertes y a tener que redactarlas, luego, en forma fría para dejar constancia de ellas en un cuaderno que estaba destinado a durar más que nosotros. Un simple testigo de papel que resumiría en pocas líneas toda la vida de un hombre. De repente me di cuenta de lo inútil de mi tarea.

Recordé su casa de Toledo, a pocos metros de la mía, lo que nos había hecho cómplices a menudo, de las sombras de la misma calle al regresar en plena noche después de compartir amigos, comida y vino. Recordé el día en que nos alistamos en el puerto de Sevilla en una de las naves de Francisco Pizarro, hacía ya tres años, rumbo a Panamá, ansiosos de llegar a este Nuevo Mundo y con la imaginación exaltada por las maravillas que de él se contaban. Recordé cómo me enseñó a manejar la espada ya que con un carboncillo es difícil vencer a un indio, "a menos que se lo claves en un ojo", me decía.

Salí de la casa. Fuera llovía. Sobre la plaza, oscurecida ya por las horas, se amontonaban los cuerpos de los caídos en la batalla, aplastados o mutilados. No pude hallar en sus ropas los colores brillantes que había admirado hacía sólo unas horas ni tampoco las plumas multicolores ni los adornos fastuosos, todo estaba impregnado de rojo. Todo estaba deshecho como si hubiera sido de papel. La lluvia intentaba en vano lavar la sangre que corría entre las juntas de las losas.

Mira bien, Fernando, que luego tendrás que hacer la crónica de todo esto, que no se te escape ningún detalle por truculento que sea —pensé con amargura— que la sangre tendrá que estar caliente cuando la describas en tus cuadernos, que los gritos deberán seguir siendo gritos y la muerte, definida como triunfo.

Caminé bajo la lluvia entre los cuerpos mutilados. En el centro de la plaza estaban las literas del Inca, destrozadas, conservando inútilmente el húmedo brillo de su oro y de su plata. Sobre uno de los largueros había una mancha azul, al acercarme comprobé que era el cuerpo de uno de los portadores, muerto mientras soportaba en sus hombros el peso de su señor, a quien habría defendido en vano. Sus manos aún aferraban firmemente la larga vara que sostenía la litera y entre sus nudillos, brillantes por la lluvia, se deslizaban minúsculos ríos de agua. Su cabeza estaba inclinada grotescamente sobre su hombro derecho, mientras su rostro parecía en paz, como si durmiera.

Algunos soldados a caballo pasaron a mi lado comentando los pormenores de la batalla. Al ver la litera de oro la desmontaron y comenzaron a cargarla para llevársela. El cuerpo del guerrero fue apartado de un empujón. Me volví a sentir ajeno a todo, no sólo a aquella tierra, a aquella batalla que no me pertenecía, sino también a mis propios compañeros. Sin casi darme cuenta, me puse a llorar.

No sé cuánto tiempo estuve así, caminando con la lluvia sobre mi cabeza y la muerte bajo mis pies. Sólo recuerdo que, de repente, Illencka se puso a caminar a mi lado, sin decir palabra. No sé en qué momento se había acercado, pero su presencia fue un gran consuelo en aquella noche interminable.

* * *

Cuando volvimos a la casa, a través de la ventana vimos que Pizarro había dispuesto una mesa para el Inca, cubierta por un fino lienzo y, sobre ella, manjares y bebidas. AtaHuallpa estaba sentado a la cabecera, rodeado de algunas de sus mujeres; el gobernador, personalmente, le servía los alimentos, hecho que parecía muy del agrado del soberano.

Junto a la puerta, había dos centinelas que impedían el paso. Al reconocernos, se hicieron a un lado y nos permitieron la entrada.

Pizarro llamó a Illencka para que tradujera lo que el Inca estaba diciendo en esos momentos.

AtaHuallpa repitió sus palabras.

—Te pide que le permitas hablar con alguno de sus hombres para saber cuántos muertos han tenido.

—Dile que tiene mi permiso, pero que deberá hablar con ellos en presencia mía.

Illencka tradujo y entonces el Inca ordenó a una de sus mujeres para que saliera a buscar a alguno de sus señores principales. La mujer lo obedeció inmediatamente, no tardó más que unos minutos en volver acompañada de dos capitanes de AtaHuallpa. Éstos lo pusieron al tanto de los resultados de la batalla. Habían muerto más de dos mil hombres y los demás habían logrado huir, pero sabiendo que su señor estaba sano y salvo y que allí, en el refugio que les brindaba el valle, esperarían sus órdenes y le seguirían siendo fieles.

Estas noticias agradaron al soberano que, irguiéndose orgulloso en su asiento, comprendió que seguía teniendo poder, a pesar de la gran derrota sufrida. Era para él una gran tranquilidad saber que sus hombres esperarían por él.

En tanto el Inca hablaba con sus capitanes, sus mujeres se habían retirado hacia uno de los costados de la sala y preparaban el lecho para el descanso de su señor. Las miré mientras se movían con presteza alrededor del improvisado lecho y sus sombras se arrastraban en silencio sobre las losas del piso.

Para beber, el gobernador había hecho traer dos finas copas de cristal; en ellas se sirvió la chicha y AtaHuallpa, al levantar la suya, la hizo girar entre sus dedos. El cristal capturó la luz de las velas y la devolvió en destellos multicolores. El Inca, maravillado, exclamó:

—Los españoles también pueden dominar el agua y moldear con ella bellas copas.

—En copas como ésta bebe nuestro Rey —afirmó Pizarro, y AtaHuallpa, visiblemente complacido, bebió la chicha, por primera vez en su vida, en una esbelta copa de cristal.

Poco después, apenas concluida la cena, Pizarro se retiró a la habitación contigua, donde Pedro se debatía entre la vida y la muerte. Allí estaba Illencka, con sus ojos clavados en el rostro de mi amigo.

—Illencka —le dijo— vete a descansar. Yo me quedaré con Pedro.

—Y yo —repliqué desde la entrada—. No temas. Pedro se pondrá bien.

—Tú lo crees y eso ayudará —me contestó y se retiró a un rincón de la habitación, donde había unas mantas, se acostó y se cubrió con una de ellas.

Pizarro acercó un par de sillas. Se sentó en una y me señaló la otra. Casi enseguida apareció Soto con algunos alimentos y bebidas, pero mi estómago ya no existía, apenas pude beber un poco de vino. Las horas comenzaron a pasar a nuestro lado. Pizarro y Soto hablaban en voz baja, comentando los pormenores de la batalla, en la cual no había muerto ningún español ni tampoco ningún caballo.

Consideraban el enfrentamiento como una victoria completa.

Creo que me dormí, porque en un momento, al abrir los ojos, vi que ni Hernando ni el gobernador estaban conmigo. Miré hacia el rincón donde se había acostado Illencka. Tampoco ella estaba. Miré a Pedro y me sobresalté al ver a la niña junto a él. Había colocado sus manos sobre la frente del herido y permanecía en silencio. Los observé sin hacer ningún movimiento. De repente, noté que las manos de Illencka habían cambiado de color. Se habían vuelto rojas como la sangre.

Ella siguió sin moverse. Pedro, aparentemente, dormía. Aún lo oía respirar. Poco después, Illencka retiró sus manos que recuperaron su color habitual y, al verme, me brindó su gran sonrisa blanca.

Volví a quedarme dormido sobre la silla.

El oro de AtaHuallpa

Cuando desperté, el sol invadía la estancia. Me levanté y miré hacia la habitación contigua, donde el Inca ya estaba de pie. Sus mujeres, solícitas, no se habían movido de su lado, velando su sueño de derrota.

Al despertar, un tanto confuso, había solicitado algunos de sus enseres de aseo que inmediatamente le fueron entregados. Pizarro había ordenado a Soto traer desde su palacio en el valle todas las riquezas que encontraran. La vajilla de oro y plata, finos tejidos y suntuosas vestimentas, alhajas, todo fue cargado a lomos de llamas que transportaron hacia Cajamarca aquel rico botín. Algunas cosas le fueron entregadas a AtaHuallpa para que el gran señor se sintiera menos incómodo.

Cuando ya casi concluía el rito del aseo matutino, uno de sus sirvientes le dijo que el Apo de los cristianos deseaba hablar con él y compartir su desayuno.

El Inca concedió su permiso y, poco después, Pizarro, llevando en su rostro algunas huellas de la batalla —pequeñas heridas y un semblante demacrado y con evidentes signos de cansancio— entró en la alcoba de AtaHuallpa. Se acercó a él e inmediatamente se sentaron a la mesa donde ya se habían dispuesto diversos alimentos. Illencka fue llamada para traducir lo que se dijera. Yo volví junto a Pedro. Mi amigo dormitaba, consumido por una altísima fiebre que hacia la medianoche se había apoderado de él. Aquello no iba bien. Pensé cuánto tardaría en llegar el final.

El médico entró la sala y se aproximó al herido. Lo auscultó unos minutos. Limpió sus heridas, cambió los vendajes por otros limpios y, le dio algo a beber que Pedro tragó a duras penas y luego, me miró de manera desconsolada. Con la cabeza baja, se retiró de allí para continuar curando a los heridos del cruento enfrentamiento de la víspera.

Miré por la ventana, hacia la plaza. El panorama hizo que se me encogiera el corazón. Los muertos estaban siendo retirados por los indígenas sobrevivientes, aún atontados por los sucesos y obedeciendo las órdenes que mis compañeros les daban, en silencio, sin entender nada. Algunos de ellos se acercaban con pasos cautelosos y expresión perpleja, buscando con la mirada algo que ya no pertenecía a la realidad actual: a su señor, su ejército, su trono y sus mujeres, sus colores, sus cánticos y banderas y todo lo que significaba el poderío de un gran imperio y de un gran soberano.

—AtaHuallpa vive —se les decía a quienes preguntaban y entonces se retiraban felices de saber con vida a su señor y corrían desparramando la buena nueva. Poco a poco, los que habían huido al valle se acercaron a la plaza para recibir las órdenes del Inca, a las que estaban tan acostumbrados. Sin él se sentían solos y desprotegidos. Su soberano era todo para ellos.

Volví mi atención a las voces de la habitación contigua. AtaHuallpa hablaba con Pizarro.

—He visto que has quitado de mi campamento muchas cosas que me pertenecen. Esta mañana, apenas he abierto los ojos, he visto muchas llamas llegando a la plaza con mi vajilla de oro y mis ropas y mis braseros y mis adornos. ¿Es eso lo que querías? —decía el Inca sin enfado, pero con extrañeza.

—No sólo eso, aunque tus riquezas son muy importantes para mí —contestó Pizarro.

El Inca, vislumbrando lo que perseguían los españoles, arriesgó una contestación:

—Si me dejas libre, puedo ofrecerte riquezas muy superiores a las que has conseguido hasta ahora. No imaginas hasta dónde puede llegar la suntuosidad de mis ciudades, la riqueza de mis templos. Antes de que tú me vencieras, yo ya había vencido a miles de tribus rebeldes, que aprendieron a temerme y respetarme, y ahora todo lo que antes era de ellos me pertenece. Soy quien ordena, quien les guía, quien les protege. Nada en esta tierra se mueve si antes no lo dispongo yo. Ni los árboles mueven sus hojas, ni el río derrama sus aguas, ni el viento aúlla en las altas cumbres si yo no lo he dispuesto así. Nadie tiene a sus órdenes generales más valientes que yo, mi poder es infinito, desde Quito a Cuzco, desde la mar a las altas cumbres, hasta el vuelo del cóndor me pertenece y también todo lo que está aquí, en el Tahuantinsuyu, la tierra de los Cuatro Vientos.

AtaHuallpa siguió describiendo con gran lujo de detalles su gran poderío, las increíbles riquezas que encerraban sus ciudades:

—El oro y la plata se derraman en mis palacios como el agua que baja de las montañas.

Hernando de Soto y Hernando Pizarro, junto con otros tres capitanes, habían entrado a la alcoba del Inca y escuchaban lo que éste decía, embelesados por la descripción de las riquezas de las que era poseedor.

Indudablemente, AtaHuallpa conocía el interés de los españoles por aquellas riquezas y las exaltaba hasta el límite. De vez en cuando, el Inca dirigía su mirada hacia mí, mientras yo, sentado frente a una pequeña mesa, tomaba notas sobre todo lo que se decía. Incluso parecía darme tiempo, para que yo no olvidara anotar nada. Illencka le había explicado cuál era mi misión y AtaHuallpa prestaba suma atención al constante movimiento de mi pluma sobre el papel. Había tomado conciencia de que su discurso quedaría volcado en los blancos lienzos que dicen palabras.

Pizarro escuchaba con atención todo lo que decía el soberano, pero parecía más preocupado en saber dónde estaban los generales del Inca. Indudablemente temía un ataque si llegaban a reagruparse para salvar a su señor.

—Dices que todos los ejércitos te pertenecen… ¿Cómo puedo estar seguro de que tus ejércitos no nos atacarán?

¿Cómo puedo saber si realmente eres el Inca de este imperio y de que todo lo que describes es tuyo? ¿Cómo puedo saber si efectivamente has vencido a tu hermano Huáscar?

AtaHuallpa se irguió en su asiento. Y comenzó a decir que su padre, Huayna Capac, lo había nombrado su sucesor y que él había peleado contra su hermano porque éste no había querido reconocer su autoridad. Que él era el auténtico soberano y señor del Tahuantinsuyu.

—Yo te entregaré a mi hermano prisionero —agregó— para que puedas disponer de él y no desconfíes.

Y al ver que los capitanes tenían su atención puesta en las ricas prendas que había sobre el lecho y el oro de su menguada vajilla, el hábil Inca desvió nuevamente la conversación hacia sus riquezas y a lo que podía ofrecer si lo dejaban libre.

Pizarro, que no perdía de vista a sus hombres, demasiado atentos del ajuar del soberano, replicó:

—Dices que lo que tienes es mucho más de lo que hemos traído de tu campamento y me lo ofreces... Dime exactamente hasta dónde llega tu ofrecimiento.

Entonces, AtaHuallpa, sabiéndose observado, se puso de pie y con paso estudiado y sereno se acercó a uno de los muros que limitaban la estancia. Se volvió hacia nosotros, nos miró con desafío y con un gesto ampuloso levantó el brazo y tocó la línea blanca que estaba pintada sobre la pared a media altura entre el elevado techo y el suelo. Luego abrió los brazos como abarcando toda la habitación y dijo:

—Yo os llenaré toda esta estancia hasta esta altura, con piezas de oro y con sacos llenos de polvo y granos de oro que sacaré de las minas de mi tierra y dos veces más lo llenaré con piezas de plata, para que os lo repartáis y lo llevéis a vuestra tierra.

Lo dicho por el Inca nos dejó mudos de asombro. La oferta era por demás generosa, pero nos resultaba tan excesiva que era difícil de creer. Pizarro, una vez acallados los murmullos y exclamaciones de los capitanes, preguntó cuánto tiempo tardaría en cumplir esa promesa.

AtaHuallpa nos miró como dándose tiempo a pensar la respuesta. Después de unos segundos en que pareció jugar con la expectación que había producido, dijo:

—Las minas están muy lejos y los santuarios de mis dioses, que albergan grandes tesoros, están a muchas jornadas de aquí. La carga será pesada y mis hombres deberán andar con pasos lentos, pero si tú me permites enviar con mis generales las órdenes necesarias para que todo sea traído hasta ti, en el plazo de dos lunas verás las riquezas que te prometí.

A Pizarro el plazo le pareció bastante prudente, máxime reconociendo el tremendo esfuerzo de acarrear todo ese peso desde tan largas distancias y teniendo en cuenta que serían necesarios miles de hombres fuertes y muchas llamas para poder traerlo.

A continuación ordenó que una de las casas de la ciudad –elegida por el Inca– se dispusiera para albergar durante ese tiempo al digno prisionero junto con sus sirvientes y mujeres, y además, para que sus capitanes pudieran entrar y salir para recibir sus órdenes y poder acudir cuando su señor así lo solicitara.

Pizarro y sus capitanes abandonaron la estancia y yo me quedé haciendo las últimas anotaciones. Con el rabillo del ojo vi que el Inca le decía algo a Illencka. Enseguida, la niña se me acercó y me dijo:

—AtaHuallpa quiere ver tu cuaderno y tu pincel para saber qué haces con ellos.

Me acerqué a él y le entregué el cuaderno en el que escribía, pero él me pidió también otro que llevaba en mi cintura, en el que realizaba mis dibujos. Se lo di. Lo tomó con sumo cuidado y luego lo abrió mirándolo con detenimiento. Pareció maravillarse con las figuras de aves, peces, plantas y flores. Al llegar a la última página vio un retrato que yo había hecho de él, donde lo había representado con gesto altivo y, sobre su hombro, había dibujado un pájaro sol, cuya cola de brillantes colores parecía fundirse en su túnica.

El dibujo lo sorprendió sobremanera. Lo acarició un momento y luego me preguntó si era él.

—Sí —le dije—. ¿Te gusta?

AtaHuallpa sonrió y me preguntó mi nombre.

—Fernando... —le dije.

—Espárrago —agregó Illencka.

AtaHuallpa puso una mano sobre mi hombro y me dijo, sumamente complacido:

—Has pintado a un dios, no al Inca —y agregó en español—. Fernando... Espárrago.

La amistad

Aquel día no me separé del lecho de Pedro. La fiebre lo hacía delirar y, a intervalos regulares, yo le daba, como podía, agua fresca que él bebía entre quejidos y maldiciones. Sudaba a mares y las heridas se veían muy inflamadas. Casi al caer la noche, me tendí a su lado sobre un camastro que me había hecho traer. Illencka se acercó a nosotros en varias oportunidades y me alcanzó alimentos y bebidas que yo casi no toqué.

—Fernando Espárrago, te vas a quedar como un espárrago. Mira, te he traído sopa de maíz. Anda, cómela ahorita, pues.

Su insistencia lograba vencerme por momentos, pero apenas volvía mi pensamiento hacia el gigantón que estaba a mi lado, mi estómago volvía a resistirse.

Fray Valverde, con su inseparable Biblia y su crucifijo, se pasaba horas rezando a su lado, hecho que me estaba afectando negativamente porque sus rezos hacían parecer más inminente la muerte de mi amigo.

De repente, alguna cabeza se asomaba por el hueco de la puerta para preguntarme sobre su estado, a lo que yo respondía con un gesto de negación.

Lentamente fueron pasando las horas. La luz del día fue muriendo en las ventanas hasta que las sombras nos envolvieron por completo.

Cerré los ojos afectado por un fuerte dolor de cabeza. Todo estaba en silencio, sólo se escuchaban, calladamente, los rezos del sacerdote, sentado en un rincón de la habitación. Permanecí así, adormilado, no sé cuánto tiempo hasta que escuché unos pasos que se acercaban con sumo sigilo. Sabía que era Illencka. Conocía su andar frágil, casi su volar.

Entreabrí un ojo lo suficiente como para espiarla.

Vi que me miraba de lejos y, creyendo que dormía, se acercó a Pedro. Al llegar junto a él se quedó parada a su lado mientras parecía murmurar algo. No, no murmuraba, cantaba. Era aquella extraña canción que "ya me explicaría luego, aún es prontito". La luz de la lámpara dibujaba su silueta sobre la pared, agigantándola y dándole a la escena un toque aún más dramático. En el rincón, Fray Valverde se había dormido con la cabeza inclinada sobre su pecho; la Biblia, abierta y olvidada, reposaba sobre su regazo, y el crucifijo descansaba en su mano izquierda, ociosa y relajada. Aún temblaba en los muros de piedra el murmullo de sus últimos rezos.

Volví a mirar a Illencka. Había puesto sus manos sobre la frente de Pedro, igual que hiciera la noche anterior, y había cerrado los ojos.

El fenómeno se volvió a repetir, sus manos comenzaron a cambiar de color y se volvieron rojas como la sangre. No las movió hasta que Pedro emitió un leve quejido; entonces, las retiró con cuidado. Después se acercó nuevamente hasta mí, me miró un instante y abandonó la habitación.

* * *

Me despertaron unos golpes en el hombro. Abrí los ojos. Soto estaba a mi lado. Sonreía.

—¡Eh! Fernando, despierta…

Un vozarrón terminó de despertarme:

—¡Maldita sea, padre! ¡Deje de rezar y tráigame algo para comer a menos que quiera que me desayune su Biblia!

Era Pedro. Me levanté de un salto y corrí a su lado. Había perdido varios kilos, su barba estaba disparada hacia los lados y sus cabellos hechos una maraña, grandes ojeras violetas ensombrecían sus ojos y su aliento apestaba. Pero estaba vivo y en vías de restablecerse, por lo que pude apreciar.

—¡Hola, Espárrago! —y al mirarme me dijo—. ¡Dios, qué diablos te ha pasado! ¡Se te ve muy mal! ¿Te han herido?

Soto se echó a reír en el momento en que entraba nuestro médico por la misma puerta por la que fray Valverde estaba saliendo, espantado, mientras gritaba:

—¡Hereje! ¡Irás de cabeza al infierno!

Pedro le gritó aún más, mientras intentaba incorporarse en su lecho.

—¡No tema, padre! ¡Dudo que en el infierno me acepten! ¡Vagaré por ahí arrastrando mis cadenas y no lo dejaré dormir!

Intentó levantarse, cosa que el médico, con mi ayuda y la de Soto, no le permitió, amenazándolo con ponerlo a dieta. Aquello surtió efecto. Se volvió manso como un cordero y dejó que le quitaran las vendas para poder inspeccionar las heridas.

Nuestra sorpresa fue mayúscula. Las heridas estaban totalmente cerradas. La inflamación había bajado y, por supuesto, Pedro estaba mejor que yo. De repente, recordé la herida en mi mano. Aún tenía puesta la cinta de Illencka. La retiré y vi una casi invisible cicatriz en el lugar en que había estado aquel tajo tan profundo. Guardé la cinta que no presentaba mancha alguna de sangre y volví mi atención hacia Pedro que miraba embelesado a una de las mujeres indígenas que se acercaba con un plato rebosante de guiso de carne, maíz y papas. La pobre mujer se vio literalmente asaltada y despojada del recipiente apenas éste estuvo al alcance de Pedro, quien sin pedir permiso a nadie y sin ningún cargo de conciencia hundió la cabeza en el plato humeante y oloroso, tragando y masticando con tanta fruición que no pudimos menos que admirar su estilo. En ese momento, Illencka entró a la habitación y al ver a mi amigo comer a dos carrillos, le dijo:

—Si jugaras al ajedrez tan bien como comes, ya habrías ganado todos los tesoros del Tahuantinsuyu.

Pedro, limpiándose la boca con la manga de su sucia camisa, le sonrió sin dejar de masticar y dijo:

—Y si tú hablaras menos hasta podrías parecer una niña inteligente y simpática. Ven aquí, monstruo.

Illencka se sentó al lado de Pedro y éste algo le dijo al oído que la niña me miró y se echó a reír de tal manera que me pareció que esa vez agotaría su risa.

* * *

Al mediodía, Soto me mandó llamar. Quería visitar al Inca para poder apreciar que estuviera cómodo.

—Estaremos aquí bastante tiempo. Es necesario limar asperezas. No nos gustaría que AtaHuallpa diera órdenes a sus ejércitos de que nos atacaran —me dijo.

—Le resultaría muy fácil vencernos —repliqué—, estamos atrapados en Cajamarca, rodeados por quién sabe cuántos guerreros que sólo esperan que su señor se decida.

—Lo sé —me miró con gesto preocupado— y, además, aún no sabemos si su hermano Huáscar es realmente su prisionero…

—¿Temes que nos haya mentido?

—Tanto como nosotros a él. Fernando, éste es un juego de estrategia. El que mienta mejor, gana. No queremos tener un enfrentamiento con él, sigue siendo muy poderoso.

—Yo diría que no podemos enfrentarnos a él, nos vencería fácilmente. Si ganamos esta vez, fue porque saltamos sobre ellos poe sorpresa.

—Es verdad —dijo—, ahora las cosas son diferentes. Se siente apoyado por su gente. Aún se sabe poderoso y único. Eso es muy peligroso.

La plaza ya había sido limpiada y barrida. Nada demostraba que allí habían muerto miles de hombres. El sol del mediodía caía a plomo sobre nuestras cabezas. Algunas mujeres y niños nos espiaban desde los rincones, asustados y perplejos.

A paso lento nos acercamos a la casa que alojaba al Inca, una de las más amplias de la ciudad. Dos españoles custodiaban la entrada. Nos hicimos anunciar. Aunque AtaHuallpa era nuestro prisionero, no queríamos que se sintiera como tal, preferíamos tenerlo sereno y cómodo; después de todo, aquella casa era la suya.

Poco después, un sirviente nos llevó hasta su presencia.

El Inca había dispuesto, sobre una mesa cubierta por finos manteles, su vajilla de oro y plata con variados manjares y bebidas. Todo había sido colocado con cuidado y con un excelente buen gusto por sus mujeres que procuraban, por todos los medios, hacerle grato el cautiverio. Varias de ellas se encontraban dando los últimos toques a la mesa. Todas vestían suntuosamente y me volvió a maravillar el color de sus ropas. Sus brillantes vestimentas hacían un curioso contraste con las nuestras, mucho más austeras y oscuras.

AtaHuallpa se acercó a nosotros saludándonos en su idioma, palabras que traduje a Soto, quien, a pesar de saber algo de quechua, no entendía el significado de aquel saludo: no mientas, no robes, no seas perezoso.

El soberano estaba vestido con una sencilla túnica, pero aún así conservaba la elegancia y el porte de su raza. En su frente, la mascapaicha de finísimos hilos color carmesí

acentuaba la mirada inteligente y con un toque de feroci-
dad que intimidaba a quienes tenían el valor de mirarlo a
los ojos. Era evidente que si seguía utilizando aquel adorno
–símbolo de la realeza– aún en cautiverio, era porque se seguía considerando señor del Tahuantinsuyu. Y no le faltaba razón. Aún lo era.

Nos sentamos a la mesa y, al ver que yo no abría mi cuaderno, me preguntó si esa entrevista no era importante para nosotros.

—Sí, lo es…, ¿por qué lo preguntas? —inquirí.

AtaHuallpa, con la copa de cristal en sus manos, una de
las que le había obsequiado Pizarro, me contestó:

—Porque he notado que cuando algo importante ocurre, tú haces quellcas sobre ese extraño tejido blanco que
encierras en una caja. Y ahora no los estás haciendo.

Soto me sonrió con admiración, como si yo hubiera
conseguido algún secreto triunfo sobre el Inca.

Quité mi cuaderno de la alforja que siempre llevaba
conmigo, la pluma y un pequeño tintero. Al verlos, el rostro del soberano se iluminó y sonrió con complacencia.

Como yo estaba hambriento por los pasados días de
ayuno, le pregunté si podía escribir después de comer y me
contestó:

—Come y escribe.

Así fue como tuve que realizar ambas cosas a la vez.

De vez en cuando, el Inca me pedía que le alcanzara
el "libro" –había aprendido a decirlo en español– y le
echaba minuciosas miradas, sorprendido de ver mi escritura que, según él, parecían ejércitos de hormigas o

las huellas de las aves sobre las orillas enlodadas de los ríos.

Su quechua era muy rico y hablaba cuidando mucho los términos que utilizaba, como si a cada uno de ellos intentara sacarle su espíritu oculto. A veces, después de decir una palabra, rectificaba y buscaba otra que la reemplazara y que tuviera un significado más apropiado. Su voz era espaciosa y serena y sonaba en aquella estancia de paredes desnudas como un ronco instrumento de música.

También demostraba mucho interés en aprender nuestro idioma. Repetía las palabras que le decíamos, una y otra vez, hasta memorizarlas. Se interesó en conocer nuestras costumbres y observó con detenimiento nuestras ropas y armas. Tenía una amplia cultura y nos recitó poemas de su tierra con su voz grave y profunda. Hecho que se repetiría en visitas posteriores, que serían muchas.

En esos momentos de sosiego, su rostro se humanizaba, perdiendo la fiereza.

*　　*　　*

La tarde transcurrió apaciblemente. Parecíamos tres amigos intercambiando experiencias, sin que en ningún momento la sombra de la sospecha se cruzara entre nosotros ni el recuerdo de la sangre derramada enturbiara nuestra conversación. Soto había llevado un pequeño tablero de ajedrez y un mazo de cartas y le enseñó los primeros rudimentos en ambos juegos, en los cuales Hernando era experto. El Inca demostró ser rápido para el aprendizaje y, en las sucesivas visitas que haríamos después a su casa, hasta llegaría a ganarle en alguna que otra oportunidad, aunque conociendo la destreza de Soto en aquellos juegos, más me inclino a pensar que lo dejaba ganar. Él, por su parte, nos había enseñado las reglas de un juego que consistía en un tablero de piedra marcado con rayas llamado pichca y con el que, durante los largos meses de su cautiverio, habríamos de jugar largas partidas con él, Illencka, Soto y, cuando la ocasión se presentaba, también Pizarro y su hermano Hernando.

Aquel primer día, en el momento en que nos retirábamos, me preguntó por Illencka y me expresó su deseo de que la lleváramos en nuestra próxima visita.

—Su padre es un gran hombre sabio. Enseña quechua a mi pueblo y juega con las palabras, las domina y las hace suyas. Es muy importante saber de qué se habla.

Nos despedimos de él y, en todo el trayecto de regreso a nuestra casa, la conversación giró en torno al Inca.

—Es un hombre inteligente y sabe mucho, no sólo de guerras, a pesar de ser tan joven… —dijo Soto con admiración.

—Sí, es verdad, debe tener 30 años, pero parece que tuviera muchos más.

—También Illencka lo parece. Tú la conoces bien, es una niña muy extraña, ¿verdad?

—Sí, lo es. Es posible que la educación que reciben desde niños influya para que sean así.

Y le conté lo que Illencka solía decirme sobre los maestros y poetas y cómo les impartían conocimientos. Soto me escuchaba con atención y, cuando terminé de hablar, me dijo:

—Es increíble pensar que, en muchas cosas, son más civilizados que nosotros.

Un largo cautiverio

O cho largos meses fueron los que tuvimos que permanecer en Cajamarca. Ocho largos meses en los que se producirían acontecimientos tan excepcionales que habrían de cambiar el destino de aquel imperio. Ocho largos meses en los cuales un grupo de españoles conviviría con uno de los hombres más grandes que hubo en la historia del Nuevo Mundo.

Varios factores se unieron para retrasar nuestra partida.

El más importante fue que, a pesar de que AtaHuallpa había dado como término para la entrega de su rescate sólo dos meses, se tardó mucho más para llenar aquella habitación con el oro de su reino. Diariamente llegaban a la ciudad grupos de llamas y hombres cargados con los fabulosos tesoros. La noticia del cautiverio de AtaHuallpa había volado por el Tahuantinsuyu y sus órdenes de enviar a Cajamarca todo el oro y la plata de sus palacios y los tesoros de sus templos habían sido cumplidas rápidamente, pero las distancias eran enormes, el esfuerzo, sobrehumano y la habitación demasiado amplia como para llenarla en dos meses.

Curacas y señores, al saber la triste noticia del cautiverio de su señor, se apresuraron a desprenderse de sus más ricas pertenencias y enviarlas a Cajamarca para pagar el rescate que exigían aquellos hombres extraños que habían llegado desde el mar y lo tenían prisionero.

A medida que pasaban los días, y al ver que la habitación aún no se llenaba, Pizarro comenzó a impacientarse.

Una mañana nos llamó a reunión. Cuando llegué, junto con Illencka estaban Pedro Cataño y los capitanes Juan Pizarro y Hernando Pizarro, Sebastián de Belalcázar y Hernando de Soto. Además, estaba presente nuestro tesorero, Riquelme, encargado de vigilar la llegada del oro.

—A esta altura de los acontecimientos no sé qué pensar —decía en esos momentos Pizarro y, al vernos entrar, llamó a la niña a su lado—. Illencka, ven, tú conoces los templos y las casas de los curacas y las del Inca… ¿verdad?

—Sí, Apo.

—¿Realmente habrá tanto oro y plata y joyas como para colmar esa habitación o es que el Inca sólo está haciendo tiempo para organizar a su ejército?

Illencka nos miró a todos, luego bajó la vista, con las manos tocó la extraña piedra de jade que colgaba de su cuello y dijo:

—En el Tahuantinsuyu hay muchas riquezas. Si de una piedra arrancas el oro que contiene, brotarán dos en su lugar; si te llevas la plata, las esmeraldas, el jade, otros brotarán en su lugar. Si te llevas las ricas ropas y los ajuares, se fabricarán más. Sólo con llevarte los tesoros del templo del Sol, Coricancha, podrás llenar esa habitación tres veces y aún te sobrarán y necesitarás otra habitación para volverla a colmar y, aún así, te sobrarán. En mi tierra, las riquezas no se acabarán por mucho tiempo, por muchos Apos que vengan y se las lleven. El Inca no miente.

Cuando Illencka terminó de hablar se hizo un gran silencio, roto por Juan Pizarro, al preguntar:

—Y si efectivamente AtaHuallpa nos llena la habitación de oro…, ¿eso será garantía de que luego no intente matarnos?

—No lo sé —le contestó el gobernador—, he tenido varias entrevistas con él. Parece sincero. Y creo que Soto y Fernando son de la misma opinión.

Soto y yo asentimos. En realidad, a medida que habíamos ido avanzando en nuestras relaciones –lo veíamos casi a diario– AtaHuallpa se mostraba sincero y confiado con nosotros. Nos demostraba respeto y amistad. Lo mismo le estaba ocurriendo a Pizarro, no así a su hermano Juan, que no había tenido con el soberano el mismo contacto que nosotros y era lógico que desconfiara.

—Gobernador —preguntó Soto—, ¿qué piensa hacer con AtaHuallpa una vez que logremos el rescate que nos prometió?

Creo que esa pregunta estaba en boca de todos desde hacía tiempo, sólo que nadie se había animado a hacerla, hasta ese momento.

Pizarro se enfrentó a Soto y le contestó:

—Liberarlo. Si es verdad que ha vencido a su hermano Huáscar, hecho que aún no nos consta, él es el verdadero señor del Imperio.

—Pero también es cierto que nosotros hemos invadido sus tierras y le estamos quitando sus pertenencias. Hemos fundado pueblos en nombre de España. Todo eso, ¿no le hará sentir que su imperio ya no le pertenece solamente a él? ¿Querrá compartirlo? —enfatizó su hermano Juan.

—Juan, todo lo que dices es cierto, pero también es cierto que hemos venido a esta tierra a conquistarla y la conquistaremos, con AtaHuallpa libre, de nuestro lado o con AtaHuallpa muerto, si es que prefiere enfrentarnos.

La seguridad de Pizarro en su misión era más que evidente. Lo malo era que no todos estábamos tan seguros como él.

—Además —continuó el gobernador—, de un momento a otro llegará Almagro con sus hombres desde Nicaragua. Eso nos reforzará y si el Inca quiere deshacerse de nosotros, antes tendrá que pensarlo dos veces.

Hernando Pizarro, al oír el nombre de Almagro, hizo un gesto de evidente desagrado. No le caía bien el socio de su hermano, lo sabía ambicioso y temía que tomara la decisión de ejecutar al Inca, una vez arribado a Cajamarca. Almagro había sido nombrado recientemente mariscal, lo cual lo elevaba al rango de segundo jefe después de Francisco Pizarro, cargo que hasta ese momento sólo había ostentado él, Hernando Pizarro.

—Sigo creyendo —afirmó Juan Pizarro— que esto no me huele bien. Constantemente estoy recibiendo noticias que me llegan desde distintas partes del reino de movimientos de tropas incaicas.

—¿Quién te trae esas noticias? —preguntó su hermano Hernando.

—Felipillo, el joven tumbecino que nos acompaña. Esta mañana trajo a mi presencia a un Orejón, indignado porque Quizquiz, uno de los generales de AtaHuallpa, había arruinado su plantación de papas y maíz al avanzar con sus soldados a través de él.

Pizarro frunció el entrecejo, visiblemente preocupado. Lo dicho por su hermano era grave. Pedro intervino:

—No sé hasta qué punto se puede creer a Felipillo. Le ha tomado odio al Inca porque... —se interrumpió al ver que Illencka lo escuchaba con atención.

—Continúa... —lo instó Pizarro.

Al ver que Pedro no arrancaba, Illencka continuó por él:

—... porque se ha enamorado de una de las amantes del Inca y desea su ruina.

Soto golpeó a Pedro en la espalda mientras se reía a mandíbula batiente:

—¡Tan grande y tan vergonzoso! Como si Illencka no supiera que el Inca tiene varias mujeres y amantes...

Estuvimos riéndonos de Pedro un buen rato, el suficiente como para darle tiempo a que los colores le bajaran de la cara. Mi amigo tenía esas cosas. Valiente, pendenciero e irascible, pero sumamente tímido en temas del amor.

Pizarro, sin dar aún crédito a lo que decía su hermano –ya que a Felipillo no se le podía creer demasiado porque era tendente a fantasear– decidió, no obstante, hablar con el Inca para tratar de sonsacarle la verdad.

Mientras se dirigía a la puerta, dando por terminada la reunión, me dijo:

—Fernando, ven conmigo, iremos a ver a AtaHuallpa ahora mismo. Trae a Illencka, su presencia le agrada al Inca.

Fuimos tras él a través de la plaza. Al llegar, nos hicimos anunciar. El Inca, gratamente sorprendido al vernos, nos hizo pasar. Después de derivar la conversación por distintos temas, Pizarro le espetó abruptamente:

—Me han dicho que tus generales avanzan hacia Cajamarca para intentar sorprendernos.

AtaHuallpa recibió la acusación con dignidad.

—Señor —dijo—, prometí darte el oro de mi reino. Prometí no atacarte. Prometí que te entregaría a Huáscar. El oro ya está llenando la habitación. No te he atacado ni pienso hacerlo y mi hermano está siendo dirigido hacia aquí, bien custodiado, para hacerte entrega de él.

Pizarro fijó sus ojos en el Inca. Éste, sin inmutarse, le sostuvo la mirada. Parecía sincero.

—Sin embargo, tu hermano ya debería estar aquí. Te exijo que respetes su vida. Si no cumples esto, tendré que matarte, porque eso significaría que me has traicionado.

AtaHuallpa lo miró en silencio, imperturbable. Hubiera dado mi vida por saber qué pensaba en esos momentos.

—Además —continuó Pizarro—, dijiste que en dos meses llenarías la habitación con oro. El plazo ya se ha cumplido y, aún, la altura del oro no llega ni a la mitad.

AtaHuallpa, sin mover un sólo músculo de su cara, respondió con voz segura y firme:

—Apresuraré la entrega. Debes tener en cuenta que son cargas muy pesadas y vienen desde muy lejos.

La desconfianza de Pizarro quedó patente en su contestación:

—También yo enviaré a algunos de mis hombres a buscarlo. Dime de qué ciudades lo podrán retirar.

Si al Inca le disgustó la propuesta del gobernador, no lo manifestó en ningún momento.

—De Jauja, de Cuzco y de Pachacamac —dijo, sin inmutarse—. Puedes enviar a tus hombres, te prometo que no serán atacados.

Pizarro, aparentemente más tranquilo, se despidió del Inca. Illencka y yo hicimos lo mismo y, ya en la calle, le pregunté:

—Gobernador, ¿qué piensa de él, cree que miente?

Pizarro, que caminaba con la cabeza baja, me contestó:

—No lo sé, Fernando, me gustaría que no fuera así. Es un gran hombre. Le tengo aprecio, pero no debo dejarme engañar. Seré inflexible con él.

—¿Qué quieres decir, Apo? —preguntó Illencka, con voz preocupada.

—Que si es necesario tendré que matarlo —dijo sin vueltas.

A Illencka no le gustó la respuesta, pero era demasiado prudente como para hacerlo notar. Siguió caminando a mi lado, sin decir palabra.

Comprendía a Pizarro, aunque no compartiera sus sentimientos. Él sentía aprecio y admiración hacia el gran enemigo que tenía enfrente. Yo, en cambio, sentía un aprecio fundado en la amistad y en el respeto que me inspiraba como persona. Además, como hombre de estudios que era, yo había aprendido a respetar la vida en general. Aquello me alejaba de la forma de pensar del gobernador, hombre de armas.

* * *

Al día siguiente, por la tarde, Illencka y yo fuimos a ver al Inca.

Su trato, si bien fue afable como siempre, distaba mucho del de los primeros días. Lo encontré triste y abatido. Al preguntarle a qué se debía, me contestó:

—Me entristece saber que el Apo desconfía de mí. Pero, si he de decir verdad, también yo desconfío de él. Sé que finalmente me matará. No creo en su palabra. Sólo quiere el oro de mi reino.

A lo largo de toda la tarde me habló de lo agradecido que estaba, a pesar de todo, del trato que le dispensábamos, de la amistad que le brindábamos, no sólo Illencka y yo, sino también los capitanes, que todos los días se acercaban hasta su casa para compartir con él los juegos de cartas y ajedrez, para compartir su comida o, simplemente, para compartir su soledad.

—Soy prisionero en mi propia casa. A pesar de tener a mis mujeres conmigo, estoy solo y mi gente también lo está. No pueden verme ni yo a ellos, apenas a algunos de mis generales. Un Inca debe ser presencia constante ante su pueblo y mi pueblo debe saber que aún tiene un rey —dijo con pesadumbre y un dejo de reproche en su voz.

Aquel día estuvimos con él hasta bien entrada la noche.

En dos oportunidades fuimos interrumpidos por la llegada de sendas embajadas que traían presentes y regalos, manifestando su solidaridad. Llegaban descalzos y con la cabeza baja, en señal de sumisión. A pesar de estar prisionero sentían hacia su señor el mismo respeto que siempre habían sentido. Todos seguían esperando sus órdenes y, aunque él las daba, en ningún momento fueron órdenes de ataque hacia los españoles. Quizá fuera porque se cuidaba ante mi presencia.

Se seguía comportando como un verdadero soberano. Enviaba mensajes a su general Quizquiz diciéndole que mantuviera sus ejércitos en Cuzco, para que las tribus fieles a Huáscar no la devastaran, y a su general Chalcuchima le ordenaba cuidar de las avanzadas de los huancas y xauxas, tribus rebeldes. Me sorprendía ver su seguridad que contrastaba con la inseguridad de los dos españoles que lo custodiaban, más preocupados por un posible ataque y por su aislamiento en aquellas tierras –que les hacían extrañar todo lo suyo, tan lejano– que por lo que el Inca pudiera decirles a sus generales, por lo que tampoco podía asegurar que AtaHuallpa no estuviera planeando algo. Por aquellos meses, los rumores y cotilleos eran cosa de todos los días, no sólo entre los indios sino también entre los españoles, quienes especulaban sobre la llegada de Almagro y sus hombres. Todos temían que el reparto del oro no fuera justo, ya que mis compañeros creían ser ellos los principales beneficiarios del tesoro porque se adjudicaban el mérito de haber capturado al Inca.

Entre los indígenas, corrían rumores en contra de AtaHuallpa, pero, sabiendo que muchos aún seguían fieles a Huáscar, no podíamos tomarlos en cuenta ya que considerábamos que podían estar tejiendo intrigas para enemistarnos con el Inca y obligarnos a matarlo, para lograr así que el Imperio regresara a manos de su hermano vencido. Por todo esto vivíamos en un constante clima de mentiras y verdades a medias.

Después de que alguna de sus embajadas se retiraba, una sombra de tristeza volvía a cubrir el rostro del Inca. En una oportunidad, se acercó a una de las grandes ventanas que daban a la campiña y después de permanecer largos minutos en silencio contemplando el valle donde se encontraba su palacio, esfumado en la lejanía, los baños termales y los campamentos de sus guerreros, dijo, con voz entristecida:

—Dentro de un tiempo, llegará el tiempo de Chacra Huarqui y mis mitayos prepararán los campos para las sementeras. Por todo el valle se verán crecer los montones de maíz que brillarán al sol como oro, aunque yo ya no esté para apreciarlo.

Y quedó allí inmóvil, con la mirada perdida en las altas cumbres que ya empezaban a ocultar los rayos del sol.

—Los volverás a ver —le dije, pero debí decírselo sin la debida seguridad porque, sin mirarme, me contestó:

—Estos espesos muros no me dejarán volver a mis valles como tampoco volveré a ver las calles y las plazas de mi hermosa Cuzco, donde nací y donde nacieron mis hermanos… Ni volveré a ver el camino que corre junto al arroyo de Huatanay y que sube hasta la fortaleza de Sacsayhuaman desde el Amaru Cancha… —continuó recordando con nostalgia—. Ni los barrios de Cassana y Cora Cora, el barrio de las escuelas… ni el Huaca Pumpu, la puerta sagrada de mi ciudad…

Su voz se había vuelto más cavernosa e indefensa. La tristeza invadía su garganta. Sentí pena por él. También yo sospechaba su próxima muerte.

Y nos siguió hablando del más hermoso de sus palacios, el consagrado a la memoria de su madre, muerta de viruela años atrás.

—Sus muros son de oro y plata, con incrustaciones de cristal de roca traído desde Huancavelica y de rosadas conchas del mar cálido. También allá, en Cuzco, murió mi hermana Mama Coca de esa terrible enfermedad que no se detuvo ni ante los templos ni ante la súplica de mis sacerdotes. Y también de ella murió mi padre…

Se quedó mirándome sin decir palabra. Al cabo de un largo silencio fue él quien habló de nuevo.

—Hace años, mi padre me contó cómo unas extrañas criaturas surgidas de la mar habían llegado a las costas de nuestro Imperio. Me contó cómo llevaban el rostro cubierto por largas cabelleras y sus pies se alargaban y terminaban en estrellas. Y cómo traían lanzas que tronaban y animales fabulosos que corrían como el viento, pero, ante ellos, se volvían mansos como una llama. A pesar de ser un gran guerrero, aquellas noticias lo tenían muy inquieto. Temía que fueran los dioses que volvían furiosos a nuestra tierra. Yo lo escuchaba y lo veía desanimado y triste. Aquella terrible enfermedad y la llegada de las criaturas del mar parecían un mal augurio y él sufría ante la muerte de su gente, de sus señores, de sus curacas, de su familia... Hace pocos días, vi en el cielo una negra señal, una gran bola de fuego que parecía presagiar mi destino y el del pueblo inca...

AtaHuallpa se refería al primer desembarco de españoles en las costas del Perú, en el año 1524 y las luchas sostenidas, posteriormente, en Túmbez. En cuanto a la señal en el cielo, muchos, al igual que él, la habían tomado como símbolo de mala suerte, aunque sólo se tratara de un cometa.

—Me han dicho —continuó, mirándome de soslayo— que la terrible enfermedad que acabó con mis padres y hermanos fue traída por los españoles...

No pude ocultarle la verdad y respondí:

—Sí, es verdad. Un esclavo negro del español Cortés estaba enfermo al bajar del barco...

—¿Negro? ¿Te refieres a esos hombres oscuros como el carbón que habéis traído con vosotros?

—Sí, proceden de África, una tierra del otro lado del mar, mayor que la tuya.

Recordé que en uno de mis cuadernos tenía un mapamundi, humilde copia del realizado por el cosmógrafo Diego Ribero, en 1529, donde figuraba África y el Nuevo Mundo. Se lo mostré. Quedó tan asombrado que me llenó de preguntas. Era increíble su admiración y curiosidad por aquel trozo de papel dibujado. Le señalé la zona por donde yo intuía que se extendía su reinado. Puso su mano abierta sobre ese sector del mapa y dijo:

—Cabe en mi mano...

Cuando le dije que se lo regalaba, exclamó:

—Gracias, Fernando Espárrago, eres muy generoso. Lo acepto, pero pon mi nombre en él. Aquí.

Y me indicó el territorio que yo le señalara momentos antes como perteneciente a su Imperio. Mientras escribía su nombre, él sonreía, satisfecho, aunque su mirada continuaba apagada.

Cuando se lo entregué, lo admiró una vez más y dijo:

—Otra cosa que ya no veré, África y tu casa.

Enrolló con sumo cuidado el mapa y lo colocó en un nicho que había en una de las paredes. Allí permaneció quieto, ensimismado...

—Háblame del Inti Raymi —le pedí, no sólo porque me interesaba saberlo sino también para apartarlo del tema de su posible muerte.

Su rostro se iluminó.

—¿Inti Raymi? ¿Cómo sabes eso? —preguntó con asombro.

—Illencka me habló de ello. Me ha dicho que es vuestra fiesta más importante.

Se acercó a mí, y mirando a través del ventanal, dijo:

—Illencka ha dicho la verdad. La fiesta del Inti Raymi será dentro de algunas lunas. Entonces, todos los hombres, mujeres y niños, desde los cuatro rincones del Tahuantinsuyu, irán en peregrinación hacia Cuzco, a realizar sus ofrendas al dios Sol...

—También van los curacas y desfilan con sus cetros y banderas y sus hombres los acompañan, disfrazados de animales… —agregó Illencka.

—¿Disfrazados de animales? ¿Por qué?

—Para que toda la naturaleza esté presente —respondió el Inca— y puedan contemplar la revitalización del Sol, que ha estado muerto durante muchas lunas y vuelve a nosotros resucitado.

—Muchos guerreros, portando enormes estandartes, donde han pintado las escenas de las grandes proezas de nuestro dios y de nuestro rey, también irán a Cuzco… —añadió Illencka.

—¡Y habrá música y el aire se llenará de los sonidos de los atables…! —exclamó el Inca, repentinamente exaltado.

—Trompetas… —me tradujo Illencka, por lo bajo.

—¡De las quenas y los pincuillus!

—Las flautas y los cuernos… —explicó mi amiga.

El Inca, entusiasmado, había empezado a recorrer la estancia a grandes pasos, mientras sus brazos se movían constantemente como señalando el espacio o queriendo abarcarlo.

—¡Y un pueblo será mejor que otro! ¡Y aquél más todavía! ¡Y los colores volverán a cubrir la tierra para que el Sol resucite y vea a su pueblo a sus pies, llenando de felicidad los valles y todo el Tahuantinsuyu brillará y renacerá!

—¿Cuántos días dura? —pregunté.

—Cuatro. Durante los tres primeros debemos hacer ayuno. Sólo comemos un poco de maíz blanco y agua, y se mastica la hierba chucán..., y no hay fuego... —dijo Illencka.

—¿Qué?

—No hay fuego. Deben apagarse todos...

—¿En todas partes?

—Sí, en todas partes, en todas las ciudades...

—¿Y luego?

—Luego —dijo el Inca— se preparan los animales para el sacrificio del cuarto día. Las acllas, las vírgenes del Sol, preparan los platos y bebidas que se ofrecen a Inti...

—Las acllas son las mujeres más bellas del imperio... —me explicaba Illencka.

—Y al amanecer del gran día, yo debo, como Sapay Inca y como sumo sacerdote, abandonar mi palacio de Cuzco y dirigirme hacia la gran plaza de Huaccaipata, seguido de todos mis nobles vestidos con sus mejores ropas y sus más hermosas joyas y sus más resplandecientes collares; y desfilar por las calles adornadas con hermosos plumajes. Y allí, a las puertas del templo, espero en silencio la salida del sol y todo el pueblo esperara conmigo...

—Y AtaHuallpa se viste de oro y plata, para que la luz de Inti se refleje en él...

—¡Y cuando la cara de Inti se asoma por las altas cumbres, nos arrodillaramos frente a él y nuestras gargantas entonan himnos en su honor y los instrumentos musicales llenan el espacio! —y, extendiendo sus brazos como si sujetara algo en sus manos, añadió—: y yo tomo dos vasos dorados, dos aquillas desbordantes de chicha, y las vierto en la gran fuente de oro que hay en la plaza y, desde la fuente, la chicha corre por canales de piedra hasta caer en la gran fuente sagrada… —me miró y añadió, mientras señalaba mi cuaderno—. Anótala en tu libro, esa ceremonia se llama ttinca y es la mayor ofrenda al Sol…

—La chicha calma la sed del padre Sol… —murmuró Illencka.

—En tanto, la gente de la nobleza, mi familia, deben descalzarse para no manchar el lugar sagrado, sólo a mí me está permitido conservar mis sandalias y sólo a mí –el Inca de Oro– entrar en el templo. Ellos deben detenerse a las puertas y allí entregar sus ofrendas a los sacerdotes.

—¿Qué ofrendas? —pregunté.

—Aves, insectos, todo lo que haya hecho la naturaleza…

—¿Y luego?

—Luego… hay que renovar el fuego sagrado, ésa es la ceremonia del Musoccnina… Musoccnina… —repitió, para asegurarse de que lo escribiría bien—. Lo hace el mismo Sol…

—¿Cómo?

—El milagro del fuego lo hace el padre Sol… Todos los sacerdotes llevan en el brazo un chipana, un grueso brazalete de oro, que tiene una medalla cóncava donde Inti fija su mirada, la cual se multiplica y cae sobre un algodón carmín, que se inflama, y así se vuelve a encender el fuego sagrado…

—Y esa llama se lleva hasta Coricancha, el templo del Sol, y se pone en una lámpara que las acllas se encargan de cuidar… —terminó Illencka.

—¿Y ése es el fin de la ceremonia?

—No —respondió AtaHuallpa—, yo salgo y me siento en mi trono de oro que está cubierto por plumas de colores que representan a todos los reyes anteriores a mí, y brindo y todos brindan conmigo y luego...

—Luego..., ¿qué? —pregunté al notar que su voz desfallecía.

El Inca suspiró y dijo, en voz baja, casi para sí mismo, con la vista clavada en un punto lejano:

—... luego... mis mejores capitanes, los más valientes, parten hacia todos los rincones del Tahuantinsuyu a llevar el fuego del Sol..., un fuego que ya no arderá por mí y que otro tendrá el privilegio de encender...

—... y todos cantan y bailan durante nueve días más... —dijo Illencka y de repente, empezó a cantar una alegre canción.

Tras un breve lapso, el Inca, contagiado por su alegría, pareció olvidar su pena y comenzó a cantar junto a ella, con su voz grave y profunda.

A esa canción siguieron otras, todas muy rítmicas y de las cuales se me escapaba el significado. En todas estaba la presencia de aquella tierra y del misterio que ella encerraba. Esas canciones me hacían comprender cada vez más a Illencka, a su magia, a su forma de consustanciarse con el paisaje, con los animales, con la tierra misma y con su señor, el Inca AtaHuallpa.

EL PLAN DE ATAHUALLPA

Mientras tanto, Pizarro había enviado a su hermano Hernando con veinte hombres para acelerar la entrega del oro ya que, según noticias, uno de los generales de AtaHuallpa, Chalcuchima, se acercaba con un gran cargamento. A los pocos días de partir Hernando comenzaron a llegar nuevas cargas de ollas, estatuas, vasijas de todo tipo de oro, plata y cobre.

Estábamos ya cerca de la Navidad cuando arribó un mensajero desde San Miguel anunciando la llegada de tres naves procedentes de Nicaragua y tres de Panamá. En éstas venía Almagro con ciento cincuenta hombres y ochenta caballos. Al recibir la buena noticia, Pizarro envió de vuelta al mensajero para que Almagro partiera inmediatamente hacia Cajamarca, sin detenerse a fundar pueblo alguno en su camino.

Luego, viendo que aún no se había llenado el depósito y ante la inminente llegada de su socio Almagro, envió mensaje a su hermano Hernando para que se llegara hasta Cuzco –donde había grandes tesoros– y se apresurara en enviarlos.

* * *

Una noche en que esperábamos la visita de AtaHuallpa en la casa de Pizarro –quien, como tantas otras veces, lo había invitado a su mesa– llegó uno de sus sirvientes diciendo que su señor estaba muy mal y con pocos ánimos de venir, que supiéramos disculparlo.

Pizarro despidió al sirviente y muy serio, me preguntó:

—¿Qué se traerá entre manos? Fernando… ¿qué piensas tú?

—No lo sé, creo que lo más conveniente será ir a verle.

—Sí, será lo mejor. Ven, vayamos ahora mismo.

Al llegar a su casa, un sirviente nos hizo pasar. El Inca estaba sentado en su trono, aparentemente abatido, sin embargo, me dio la impresión de que nos esperaba, ya que no demostró ninguna sorpresa al vernos.

—Nos ha dicho tu sirviente que te encuentras mal… —dijo Pizarro—. ¿Qué tienes?

AtaHuallpa bajó la cabeza. Se le veía atemorizado y deprimido. Pizarro volvió a insistir. El Inca parecía no escucharlo. Su mirada parecía hundirse en los coloridos dibujos de la alfombra que se hallaba a sus pies. De repente, hundió el rostro entre sus manos tratando de contener los sollozos.

Sorprendido, me acerqué a él y le pregunté:

—¿De qué tienes miedo? ¿Por qué estás así?

No quiso contestarme ni tampoco dirigirme la mirada. Miré a Pizarro. Estaba tan desconcertado como yo. En ese momento, AtaHuallpa dijo, entre balbuceos, dirigiéndose al gobernador:

—Estoy así porque me has de matar...

Pizarro se acercó a él con suma cautela y, con gesto cordial, le respondió:

—No hay motivo para que temas por tu vida... ¿Acaso me has traicionado?

En ese momento, sospeché que los dos fingían. La teatralidad en ambos era evidente: los sollozos del soberano y la excesiva amabilidad de Pizarro.

El Inca, encogido en su trono, replicó:

—Señor, me ordenaste no matar a mi hermano Huáscar, porque si lo hacía, tú me matarías a mí. Mis generales, sin yo saberlo, lo han matado y ahora tú me matarás a mí.

De repente, supe con certeza que el Inca estaba fingiendo y comencé a atar cabos. Si Huáscar vivía, existía el riesgo de que sus tropas se aliaran a Pizarro para derrocar a AtaHuallpa y devolver a Huáscar el trono perdido. Lo más conveniente para AtaHuallpa era que su hermano muriese. Claro que el Inca no podía atribuirse su muerte porque sobre él pesaba la amenaza de Pizarro. Debía culpar a sus generales que se habrían tomado, así, la justicia por su mano. De todo esto no le dije nada al gobernador, pero viendo su comportamiento frente al Inca, me di cuenta de que también él sabía la verdad. Sin inmutarse respondió:

—Llama a los mensajeros que te han traído la noticia. Quiero interrogarlos.

A los pocos minutos, dos hombres con aspecto atemorizado confirmaron ante nosotros que, efectivamente, dos de los generales del Inca habían dado muerte a Huáscar y arrojado su cadáver al río, para que no fuera encontrado y que lo habían hecho sin recibir orden alguna de AtaHuallpa.

Pizarro se conformó rápidamente con esta ratificación y, al mirarlo, comprendí sus motivos. No podía cumplir su amenaza de dar muerte al Inca porque entonces se interrumpiría el pago del rescate y correríamos el riesgo de ser atacados.

Después de haberse retirado los mensajeros, le dijo al Inca:

—No temas, no tomaré ninguna represalia. Nuestra amistad no se romperá por esa causa.

El rostro contraído de AtaHuallpa se apaciguó. Una sonrisa apenas esbozada y el brillo repentino de sus ojos, me confirmó la idea de que todo había sido planeado y de que su plan había salido a la perfección.

Una vez más supe que era un hombre extraordinariamente inteligente y hábil como pocos. Era digno representante de aquel inmenso imperio.

Nos retiramos de allí. Al llegar a la casa de Pizarro, éste me dijo que llamara a los capitanes. Reunión urgente.

Salí y busqué a Hernando de Soto. Estaba acicalando a su caballo. Al comentarle lo que había pasado, su rostro se puso serio e inmediatamente fue en busca de los demás.

Cuando volvía para el fortín me encontré a Illencka. Me preguntó muy preocupada:

—¿Qué ocurre, Fernando Espárrago? Acabo de ver al Apo y está muy enojado…

—Enojado no, Illencka, preocupado, muy preocupado. Huáscar ha muerto.

Bajó la cabeza. Sujetó con fuerza su piedra de jade y dijo, con una voz extraña:

—La tierra está rota. Ya nada de lo que hagan podrá unir sus dos partes rotas.

Levantó sus ojos hacia mí. Estaba llorando. Miré sus manitas, aún continuaba sujetando su piedra de jade. Entre sus dedos brotaban pequeños ríos de agua, que al caer sobre el empedrado iban formando un pequeño charco, mojando sus pies.

*   *   *

—La situación es la siguiente —dijo Pizarro cuando todos estuvimos reunidos—: Huáscar ha muerto y mucho me temo que ha sido por orden de AtaHuallpa, aunque él lo niegue.

—Me lo temía —dijo Juan Pizarro—, ya os había advertido que ese indio no era de confiar.

—Eso no quiere decir que vaya a traicionarnos —exclamó Pedro—, sólo terminó con un grave problema para él. Si su hermano continuaba vivo podría llegar a ganarse nuestra simpatía en contra de él. Así cubre sus espaldas y se asegura nuestra alianza.

—Yo no lo veo tan claro —replicó Juan—. Es verdad que su hermano era molesto, pero nosotros lo somos más aún.

—Sin embargo —dijo Hernando de Soto—, yo sigo creyendo en él. Me parece sincero y me parece lógico lo que ha hecho. Pienso como Pedro. Ha movido sus piezas para su provecho, pero no para nuestro perjuicio.

Riquelme, que estaba presente en la reunión junto a fray Valverde, drásticamente opinó que había que darle muerte, para evitar males mayores.

No recibió contestación de ninguno de nosotros. La decisión última le correspondía a Pizarro y también él permaneció en silencio. Cuando disolvió la reunión, lo miré un momento antes de retirarme. Ciertamente, las dudas que sentía se reflejaban en su rostro contraído, en su espalda encorvada, en sus manos crispadas.

Salí fuera y miré las primeras estrellas que me observaban desde lo alto. El aire era tan puro que casi dolía al respirar. Pensé en AtaHuallpa y en las palabras que me dijera días antes: "otra cosa que ya no veré. Africa y tu casa".

Llegada de Almagro

Mientras tanto, seguían llegando cargamentos de oro y mensajes de Hernando Pizarro confirmando la ausencia de tropas armadas.

La habitación se iba colmando poco a poco, ante la mirada atenta de los españoles y de los hombres de AtaHuallpa, ya que tanto unos como otros deseaban ver cumplida la promesa del rescate. Riquelme, el tesorero, trabajaba desde la mañana temprano hasta bien entrada la noche, controlando todo lo que iba llegando. Yo, con la ayuda de Illencka, dibujaba las piezas de mayor esplendor y belleza. Una de ellas me había dejado particularmente boquiabierto. Quien primero la había visto había sido Pedro quien, agitado, vino a buscarme una noche a mi casa, poco después de cenar:

—¡Espárrago! ¡Espárrago! ¿Dónde te has metido? —y, al verme, exclamó—. ¡Tienes que venir a ver esto! ¡En tu perra vida llegarás a ver nada igual! ¡Trae tu cuaderno y tus carbones!

Y me llevó, casi en volandas, hasta el depósito del oro. Al llegar, empujó a los dos soldados que custodiaban la puerta y me lanzó adentro.

En mitad de la habitación refulgía un grupo de esculturas que representaban un rebaño de llamas conducidas por sus pastores, todo realizado en oro, a tamaño natural. Los ojos de los animales eran esmeraldas y las vestimentas de los pastores estaban realizadas, sin faltar detalle, en oro, plata, cobre y jade.

Me vinieron a la mente las palabras de Illencka: si arrancas el oro de una piedra brotarán dos...

Me quedé sin habla. ¡Dios mío! ¡Jamás había visto nada igual!

—¿Y? ¿Qué me dices, paliducho? ¿Había o no había suficiente oro? —Pedro estaba rebosante. Acariciaba las estatuas una y otra vez, como si quisiera cerciorarse de su existencia.

En los días sucesivos continuaron llegando piezas igualmente espléndidas. Al mencionarlas ante AtaHuallpa, éste volvía a hablarnos de su Cuzco natal, de sus hermosos edificios y de sus grandes palacios con jardines donde las plantas y las flores estaban realizadas en oro y plata y de las paredes doradas de sus templos, donde aún había muchos tesoros guardados. Si bien en un principio nos había costado creerle, luego, ante la presencia de los cargamentos que iban llegando, nos fuimos convenciendo de que no exageraba.

*   *   *

Una noche nos despertaron gritos de alarma que venían desde el depósito del oro. Se había declarado un incendio y, a pesar de que fue sofocado con rapidez, la techumbre de madera y paja quedó totalmente destruida y ya no era seguro seguir guardando allí semejante tesoro, por lo que hubo que construir otro, algo más grande que el primero, hecho que no pasó inadvertido a la mirada perspicaz de AtaHuallpa, que nos avisó que el depósito era mayor que el anterior.

*   *   *

Asimismo, se construyó una iglesia en un costado de la plaza. Cuando estuvo terminada, el Inca solicitó ser llevado a ella para conocer nuestra religión y a nuestro dios. Un domingo por la mañana en que se celebraba la habitual misa me llegué hasta su casa y le dije que podía acompañarme. Al entrar al templo miró con detenimiento y respeto el interior oscuro y fresco y permaneció en silencio durante todo el oficio. Al salir me preguntó si no hacíamos ofrendas de animales a nuestro dios.

—No, Dios no quiere que sacrifiquemos animales. La única ofrenda es la Sagrada Hostia y el vino, que representan el cuerpo y la sangre del Hijo de Dios.

AtaHuallpa se mostró muy interesado en nuestra religión, incluso solicitó la presencia de fray Valverde en su palacio para hablar con él y, siempre que podía, me hacía preguntas al respecto. Decía que sus dioses lo habían abandonado y que, quizás, aquel otro dios desconocido le fuera más propicio que los suyos.

* * *

Así llegó el mes de febrero de 1533. Hacía ya más de un mes que Hernando Pizarro había partido rumbo a Cuzco para traer más riquezas, pero éstas seguían llegando lentamente.

Una mañana Pizarro le planteó al Inca nuevamente el retraso en llenar el depósito y AtaHuallpa contestó:

—Señor, has de tener paciencia. Estamos en la luna de Paucar Uaray, en que el cielo descarga toda su furia sobre la tierra. Los ríos crecen ruidosos y los montes son arrasados por las aguas, todo esto hace casi imposible transitar por los caminos.

Pizarro trataba de controlar su impaciencia. El tiempo pasaba, Diego de Almagro no llegaba y su tropa estaba disminuida ya que veinte de sus hombres habían partido con su hermano Hernando.

* * *

Algunos días en que Pizarro, Illencka y yo visitábamos al Inca, éste se mostraba distendido y solía hablarnos de sus mujeres y de sus hijos, que vivían en la lejana Quito, la capital del norte. Entre todas sus mujeres, su preferida y la más importante era Tocto Payco Vello, madre de su primogénito, el pequeño Auqui Topa AtaHuallpa, quien solía jugar con Illencka cuando ella visitaba Quito junto con su padre, maestro de los hijos del Inca. También tenía otras mujeres, Choquesuyo, Chumbicarua y Nacicoca, jóvenes y hermosas, que sufrían junto a él la incertidumbre de su destino y que alegraban su cautiverio con su compañía constante, sus juegos y sus risas. En esos días, la mirada del soberano se nublaba y su voz perdía majestad, se volvía melancólica y nos decía que añoraba las risas infantiles de sus hijos, siempre correteando por los amplios pasillos de su palacio, en la lejana Quito, patria de su padre.

A veces, especialmente los días en que iba yo solo a visitarlo, el tema de mis conversaciones no era el mismo que cuando estaba Pizarro presente. Me hablaba de mis libros, le gustaba que le recitara poesía y que le hablara de mi tierra, de mi familia y de mis amigos. Se lo hice notar y me contestó:

—El Apo habla palabras, tú dices sentimientos. Para nosotros es más importante decir que hablar.

Le pregunté algunas cosas sobre Illencka y me respondió:

—La niña Illencka es Pachamama, la tierra, y algún día ella nos devolverá lo perdido.

—No te entiendo. Acláramelo —le dije.

—No es necesario que lo entiendas. Además, no podrías, aunque yo te lo explicara. Para entenderlo tendrías que haber nacido aquí, y tú eres español.

* * *

Dos meses después, el 14 de abril, llegó Diego de Almagro a Cajamarca. Pizarro lo recibió con grandes muestras de afecto y de alivio. Ahora su posición se reforzaba y se sentía más seguro.

En el momento de su llegada yo estaba con Illencka en la casa de AtaHuallpa, quien al escuchar ruidos en la plaza y el griterío de la soldadesca dando la bienvenida al socio del gobernador se asomó a la ventana y me preguntó, sumamente intranquilo:

—¿Quién es ese hombre?

Illencka y yo nos acercamos al gran ventanal y desde allí observamos el jolgorio de la plaza y a los recién venidos.

—Diego de Almagro, es socio y amigo de Pizarro.

La voz del Inca sonó demasiado seria a mi lado:

—Pero no habrá en él amistad hacia mí. No me conoce.

Tiempo después pude comprobar cuánto de cierto había en sus palabras.

AtaHuallpa es acusado

Esa noche, al regresar del palacio del Inca, fuimos invitados a cenar con Pizarro, quien quería darle una pequeña fiesta de bienvenida a Diego de Almagro.

Ciertamente, Pizarro se esmeró en recibirlo con todos los honores. Había dispuesto una larga mesa, cubierta por finísimos manteles, que fueron el primer golpe de efecto. Sobre ellos, colocó la vajilla de oro y plata de AtaHuallpa y varias pequeñas esculturas de oro, esmeraldas y jade como fabulosos centros de mesa. No parecía la mesa de unos soldados perdidos en tierras extrañas, sino la de un rey.

Almagro quedó deslumbrado. Pizarro dejó que se recobrara de su sorpresa y luego fue con él –y todos nosotros detrás– hasta el depósito, donde se amontonaban las riquezas que seguían llegando a diario.

Las puertas del mismo estaban ya cerradas por la hora y el gobernador ordenó a la guardia que estaba custodiando la entrada que abrieran las puertas. Las pesadas hojas de madera se abrieron lentamente, dejando escapar el brillo que salía de su interior, apenas iluminado.

Cuando estuvieron totalmente abiertas, Pizarro tomó a su socio de un brazo y lo arrastró adentro. Almagro comenzó a pasear sus desorbitados ojos por aquellas maravillas doradas y no hablaba, creo que tampoco respiraba. Sus capitanes, que habían entrado tras de él, se dispersaron por todos los rincones sin poder dar crédito a lo que veían. Las exclamaciones de admiración y las risas nerviosas se entremezclaban con el sonido de sus espuelas rascando el enlosado del piso.

Pizarro, sintiéndose dueño de casa, los dejó curiosear a su antojo durante una hora, al término de la cual les pidió que lo acompañaran a cenar. Reticentes como niños, salieron de la amplia estancia volviendo continuamente la mirada y descubriendo a cada paso una nueva maravilla.

* * *

Una vez sentados alrededor de la mesa, los comentarios siguieron girando alrededor de todo lo que había en el depósito. Pizarro los escuchaba en silencio, sonriendo satisfecho, hasta que pidió que se callaran para ponerlos al tanto de los acontecimientos ocurridos en los meses anteriores.

Almagro escuchó todo lo que el gobernador le relataba con sumo interés. Cuando Pizarro concluyó, su socio lo interrogó:

—¿Qué piensas hacer con el indio?

—Dejarlo libre para que gobierne su imperio.

Almagro puso un gesto de contrariedad y replicó:

—No creo que sea lo más sensato, es posible que, apenas se vea libre, organice sus tropas, si es que no lo están ya, y termine con nosotros. Creo que lo más prudente será ejecutarlo. Para nuestra seguridad y para la consecución de nuestra conquista.

Pizarro lo escuchó con gesto pensativo y no le contestó. Yo lo miré a Soto. Vi en su rostro adusto y en su ceño fruncido el desagrado que le habían producido las palabras de Almagro. Era evidente que no estaba de acuerdo con él, es más, se opuso tenazmente apenas tuvo ocasión de hablar:

—No estoy de acuerdo. No tenemos noticias de que esté preparando un ataque. Los mensajes que nos envía Hernando Pizarro dicen que no ha visto tropas que se estén organizando.

—¡Ese indio es un traidor! —se exaltó Almagro al verse contrariado en sus opiniones—. ¡Y es necesario matarlo antes de que nos mate a nosotros!

Soto se puso de pie, furioso:

—¡Eres el menos indicado para juzgarlo! ¡Acabas de llegar y pretendes tener todo bajo tu dominio cuando hemos sido nosotros los que hemos llegado hasta aquí abriéndote el camino! ¡No conoces al Inca, ni siquiera has pedido verle y ya lo estás enviando a la hoguera!

Si bien Diego de Almagro tenía un grado militar más elevado que el de Soto, la confianza que había entre ambos y el furor del momento hizo que Hernando olvidara el respeto que le merecía Almagro como su superior, lo cual podía ser juzgado como rebeldía, pero las circunstancias inusuales que estábamos viviendo producían, algunas veces, este tipo de situaciones, sin que por ello nadie fuera llamado al orden. Se perdonaba, por así decirlo, en virtud del peligro a que estábamos expuestos.

Almagro, sumamente alterado, replicó:

—¿Y qué quieres hacer con él? ¿Llevárselo de regalo a nuestro rey?

—¡Sí, si es necesario para salvarle la vida, lo haremos! ¡En España podrá ser juzgado con mayor criterio!

Almagro, con una sonrisa burlona, se acercó a él y bajando la voz, le dijo:

—¿Qué ocurre, Hernando? ¿Te has vuelto blando de repente o la amistad con el Inca te ha hecho olvidar tu coraje?

Soto empalideció ante la ofensa. Dio un paso atrás y echó mano a su espada. En ese momento, intervino Pizarro:

—¡Basta! ¡Hernando, Diego! ¡Sólo falta que nos dividamos ahora por una discusión inútil! ¡Quien tendrá la última palabra sobre la suerte del Inca seré yo!

Aproveché la reprimenda del gobernador y me llevé a Soto afuera. Me costó trabajo hacer que me acompañara. Llevaba la boca y los puños apretados, visiblemente ofuscado. Pedro, largando maldiciones en contra de Almagro, vino detrás de nosotros. Entre ambos tratamos de calmar a Soto, aunque también yo me sentía irritado ante la actitud agresiva del socio del gobernador.

—Hernando —le dije—, cuando Diego lleve unos días aquí y conozca al Inca, las cosas cambiarán. Es lógico que ahora piense así, no ha tenido oportunidad de hacer amistad con AtaHuallpa como la hemos hecho nosotros...

—Ni la hará... —intervino Pedro—, he visto los rostros de sus soldados al ver el oro y he visto también el suyo. Ante semejante tesoro, cualquier hombre pierde la cabeza...

—¡Pero si el oro ya es nuestro, nos lo ha regalado el Inca! ¡Él cumplió su palabra! —exclamó Soto, aún alterado.

—Sí, es verdad, pero aún quedan muchas más riquezas en su poder y eso es lo que quiere conseguir Almagro, el imperio completo. Con el Inca vivo, se tendrá que conformar con lo que nos ha dado.

Habíamos llegado hasta la plaza principal de Cajamarca. La noche estaba quieta, las estrellas parecían querer tocar nuestras cabezas y una leve brisa nos golpeaba los rostros. En ese momento vi una luminosidad que procedía de la plaza.

Me aparté de Pedro y de Hernando y me acerqué con desconfianza.

Allí estaba Illencka, de pie, en mitad de la plaza.

Frente a ella había un anciano al que creí reconocer, aunque la memoria no estaba dispuesta a ayudarme demasiado. Parecían estar hablando aunque ningún sonido llegaba hasta nosotros. La figura del anciano emitía una suave luz que iluminaba apenas el rostro dulce de la niña. Sobre las cabezas de ambos, un cóndor, en silencio, volaba en círculos proyectando su sombra nocturna sobre las losas del piso. Parecía estar custodiándolos, velando por ellos. Oí las voces de Pedro y Soto a mis espaldas, llamándome.

La escena me sobrecogió. Había tanto sosiego, tanta serenidad en aquellas tres figuras, casi fantasmales, allí en mitad de la plaza de Cajamarca que, por un momento, me olvidé de tantas guerras y muertes.

De repente, vi cómo la figura del anciano levitaba y se fundía entre las alas del cóndor que se había detenido en el aire, inmóvil sobre la cabeza de Illencka.

Cuando el anciano desapareció, el cóndor emprendió el vuelo hacia las alturas, siendo tragado por la noche.

Fue entonces cuando Illencka advirtió mi presencia. Me acerqué a ella y vi que su piel morena tenía un fulgor dorado que la asemejaba a una estatua de oro. Entonces, levantó su rostro hacia mí. Estaba muy triste, como jamás la había visto. Me dijo:

—Pronto habrá más dolor sobre la tierra. Todo se romperá definitivamente y estallará en mil pedazos. Ya no será posible volverlo a unir.

* * *

Tres días después, regresó Hernando Pizarro trayendo un inmenso rebaño de llamas cargadas de fabulosas riquezas con las cuales se terminó de llenar el depósito.

También traía con él al general Chalcuchima, casi prisionero ya que sospechaba que preparaba un ataque, además de haberlo sorprendido ocultando parte del oro del rescate. Ambas noticias fueron recibidas con beneplácito por Almagro, quien veía así, cada vez más cercana y factible la muerte del Inca:

—Es evidente —sostuvo ante Pizarro— que AtaHuallpa está reorganizando su ejército por medio de Chalcuchima, quien según me han dicho, es el general más importante del Inca y sus hombres lo obedecen como si fuera AtaHuallpa en persona.

—También es posible —replicó duramente Hernando Pizarro— que Chalcuchima esté planeando la muerte de su señor para quedarse él con el poder. ¿No lo habéis pensado? También yo he oído rumores que me han asegurado que Chalcuchima fue quien mató a Huáscar. Si muere AtaHuallpa, él se erige, así, en el general más poderoso y puede elegir un nuevo Inca más débil que AtaHuallpa y a quien poder dominar más fácilmente.

—¡Deliras, Hernando! —le respondió Almagro—. Si Chalcuchima fue quien mató a Huáscar, ten la seguridad de que fue por orden de AtaHuallpa. Ese indio es muy astuto y peligroso. ¡Debemos deshacernos de él!

Hernando lo miró furibundo. En la actitud de Almagro veía la sombra de la muerte del Inca, que quería evitar a toda costa, no sólo por creerla innecesaria, sino además por la amistad que lo unía a él. Hernando de Soto pensaba exactamente lo mismo mientras yo sólo podía remitirme a transcribir lo que acordaran, ya que no tenía ningún poder de decisión sobre un asunto de tanta envergadura.

Pizarro, sin saber a quién creer, decidió enfrentar a Chalcuchima a su señor para interrogarlo en su presencia.

El astuto general, ante un posible enfrentamiento con AtaHuallpa –que era evidente que no deseaba– se apresuró a decirle a Pizarro que era verdad que estaba preparando un ataque sobre nosotros, pero que era por orden de su señor y que también había sido su señor quien le había ordenado ocultar parte del oro y matar a Huáscar.

Pizarro lo escuchó con atención y luego, confundido por las dudas y sin poder aclarar, aún, su panorama, obligó al general a acompañarlo a casa del Inca. Tras ellos fuimos todos: Almagro, Hernando y Juan Pizarro, Soto, Pedro y yo.

Entramos en tropel en la estancia del Inca, entre ruidos de espuelas y las voces airadas de Pizarro y los gritos de Chalcuchima.

Al vernos entrar, el soberano se mostró sorprendido y más aún al oír a Pizarro gritarle a Chalcuchima, a quien traía poco menos que a la rastra:

—¡Habla! ¡Dile a tu señor lo que me has dicho a mí! —exigió Pizarro obligándolo a mirar al Inca, que no atinaba a entender la situación.

—Señor —balbuceó el general—, me ordenaste que reuniera el ejército y atacara a los españoles para ponerte en libertad. Así se lo he dicho al Apo blanco, pero él no quiere creerme. Piensa que yo obré por mi cuenta…

AtaHuallpa saltó sobre él, pálido de furia:

—¡Mientes! ¡Yo nunca di esa orden! ¡Perro traidor!

Dos soldados hubieron de intervenir para impedir que el Inca matara a su general, quien siguió sosteniendo que él decía la verdad.

La discusión entre ambos continuó. AtaHuallpa cada vez más ofuscado y Chalcuchima sosteniendo su versión. Pizarro y Soto no sabían a quién creer de manera que sometieron a Chalcuchima a la tortura del fuego para sonsacarle la verdad. El general siguió sosteniendo, ante el sufrimiento de que fue objeto, que todo lo que decía era verdad, que su señor había ordenado preparar su ejército para atacar por sorpresa a los españoles de Cajamarca, que había ordenado matar a sus hermanos para que no le disputaran el trono y a toda la nobleza cuzqueña, fieles a Huáscar.

Pizarro, entonces, se enfureció y llamó traidor a AtaHuallpa, mientras éste seguía negando todo, pero el gobernador ordenó encadenarlo, acto que fue repudiado por su hermano y por Soto, quienes seguían creyendo en el Inca. A pesar de todo, Pedro y yo intentamos a favor del prisionero, el gobernador decidió seguir adelante.

Dio la orden, tan injusta como brutal. El cuello de AtaHuallpa fue rodeado por un ancho aro de hierro del cual salía una cadena que limitaba su libertad a pocos metros del muro al que había sido asegurado. De manera que el Inca vio perder en un minuto toda su condición de señor al ser humillado con aquel cruel cautiverio.

AtaHuallpa, ya encadenado, siguió gritando que era inocente y pidió ser llevado a España para ser juzgado allí; cuando Hernando Pizarro partiera llevando los tesoros, quería ir con él. Pero sus reclamos sólo encontraron eco en los muros que lo tenían prisionero.

Pizarro se retiró con sus capitanes. Yo dejé que salieran y me volví, entonces, hacia el Inca. Verlo allí, parado, junto al muro, sujeto a una cadena, totalmente humillado frente a sus mujeres y el resto de su gente, me hizo sentir solidario con él. Me miró. Sus ojos estaban infinitamente tristes y con voz ronca, me dijo:

—Te dije que ya no vería tu casa... Pronto he de morir y tampoco volveré a ver al cóndor volar sobre las cumbres. Pero quizás vea a tu dios, Fernando... Espárrago.

Salí de allí sin poder despedirme.

Tenía un nudo en la garganta. Me sentía impotente.

EL JUICIO

Al día siguiente, muy temprano, vino Pedro a buscarme con Soto. Tenían intenciones de ir a ver al Inca y ayudarlo en lo que se pudiera. Camino de su casa, hablamos muy poco. El estado anímico de los tres era evidente. Nos sentíamos abatidos, sabiendo que la solución no estaba en nuestra mano. Para colmo de males, hacía ya dos horas que Hernando Pizarro había partido hacia la costa para luego embarcarse rumbo a España, llevando parte de los tesoros. Eso significaba que el Inca tendría un defensor menos, quizás el más importante y quien hubiera podido influir en el gobernador para salvarle la vida.

Al llegar encontramos a AtaHuallpa sentado en un rincón de su habitación donde estaba prisionero. La cadena le permitió ponerse de pie al vernos, pero al pretender acercarse a nosotros, tironeó de su cuello, impidiéndole el avance.

Llegamos junto a él. Soto le tendió la mano que el Inca apretó, lo mismo hizo con Pedro. El Inca había adoptado esa forma de saludo, tan nuestra, porque decía que así la sangre de dos se hace una. Al verme a mí, colocó sus dos manos sobre mis hombros y me dijo:

—Fernando, veo que tu rostro está hoy aún más pálido. Si es por mí, no te preocupes, preocúpate por mi gente.

Sostuve su mirada por unos segundos, luego él la desvió hacia Hernando y Pedro. Poco después se acercaron sus mujeres y trajeron algunas bebidas y alimentos que colocaron en el suelo, sobre unas esterillas de juncos verdes.

—Debes decir a tus generales que se alejen de Cajamarca y de sus alrededores con sus hombres, para que el gobernador vuelva a confiar en ti —le recomendó Pedro.

—¿Eso salvará mi vida? —preguntó el Inca.

—No lo sé, pero al menos hará que Pizarro te quite las cadenas. Volverás a tu situación anterior.

El Inca lo miró desde el fondo de sus oscuras pupilas.

—Sí, volveré a sentirme libre para morir —respondió.

Enseguida preguntó por Hernando Pizarro, a quien sabía su defensor. Al saber que había partido esa misma mañana, su espalda se encorvó, bajó la cabeza y murmuró:

—Entonces, muy pronto habremos de despedirnos para siempre. El Apo me ha de matar.

Hernando, Pedro y yo nos miramos sin saber qué responder. Al cabo de un largo tiempo sin hablar, fue Hernando quien rompió el silencio:

—Me dices que tus generales no van a atacarnos. Te creo, pero es Pizarro quien debe creerte. Le pediré que me envíe con un grupo de hombres para que pueda verlo por mí mismo y, así, convencerlo de que eres inocente.

AtaHuallpa lo miró agradecido, aunque la desesperanza anidaba aún en su mirada.

Enseguida, pidió permiso para enviar un mensaje a su general Rumiñahui, con la orden de hacer retirar a su ejército de Cajamarca, lo más lejos posible, ya que veía peligrar su vida.

Poco después nos retiramos de allí. Pedro y yo sumamente abatidos, no así Hernando que estaba seguro de poder convencer a Pizarro si éste le daba su permiso para salir de Cajamarca, llegar hasta el río de Levante y observar los alrededores para ver si había preparativos de tropas o movimientos sospechosos de indios.

Al día siguiente, llegaron noticias de que, efectivamente, el ejército del Inca se estaba replegando.

En el momento en que el mensaje llegaba a Pizarro yo estaba en compañía del soberano, en su casa, tratando de distraerlo de su profunda tristeza.

Escuchamos pasos y voces y al poco rato vimos a Pizarro entrar en la estancia acompañado por dos soldados.

—Quítenle las cadenas —dijo el gobernador.

Ambos soldados se acercaron a nosotros y abrieron el aro que sujetaba el cuello de AtaHuallpa.

—¿Por qué me liberas? ¿Significa que vuelves a confiar en mí? —preguntó el Inca, desconfiando de la actitud de Pizarro.

—Me he convencido de que no estás preparando un ataque en contra nuestra. Prefiero creerte a ti que a tu general Chalcuchima. No me defraudes, AtaHuallpa —respondió el gobernador.

El soberano recibió las palabras de Pizarro con gran alegría y ordenó a su gente que le trajeran vasos con chicha para beber con nosotros, aunque ya la amistad entre ellos dos había quedado rota para siempre.

Esa misma noche, Hernando de Soto partió con un grupo de hombres para verificar el repliegue de las tropas del soberano.

Al verlo partir, sentí, por un momento, renacer la esperanza de salvarle la vida al Inca.

Poco después, me di cuenta de que mi esperanza no tenía fundamento alguno ya que la opinión de los oficiales reales –representantes directos de la Corona– que acompañaban a Almagro era la de ejecutar al Inca, porque era demasiado belicoso y temían perder el oro y las tierras recién conquistadas. Almagro, temiendo que Hernando de Soto volviera con noticias favorables al Inca, era el que más insistía en ejecutarlo de inmediato. Riquelme apoyaba esta decisión.

Tan presionado se sintió Pizarro por su socio y la gente de éste para terminar con la vida del Inca, que no tuvo otra salida que iniciar el proceso apenas hubo partido el capitán Soto, al atardecer de ese mismo día.

Yo, en calidad de cronista, me limité a tomar nota de todo lo que se discutió en aquella reunión, la más importante de todas las que se realizaron durante la conquista, ya que en ella se iba a decidir la suerte de un gran imperio.

Fray Vicente Valverde fue quien condujo todo el proceso.

Apenas iniciado el juicio, Pizarro argumentó a favor del Inca, apoyado por sus capitanes:

—Señores, la decisión que debemos tomar es muy grave. Sé que muchos de ustedes están a favor de la muerte de AtaHuallpa. Yo, evidentemente, no la creo necesaria. Es más, creo que sería acertado dejarlo con vida. Ha cumplido su palabra…

—¡Mentira! —interrumpió uno de los capitanes de Almagro—. ¡El Inca ha estado organizando su ejército a nuestras espaldas!

—¡Si lo dejamos con vida, será un peligro permanente para nosotros! ¡No podremos ir a Cuzco y dejarlo a él vivo en Cajamarca! —apoyó otro.

—Además —intervino Riquelme, preocupado por la posible pérdida del oro del rescate—, si liberamos al Inca, es probable que, una vez libre, quiera recuperar sus tesoros…

—¡Es verdad! ¡Ese oro ya es nuestro y podemos perderlo! —gritó un partidario de Almagro.

—¿Nuestro? ¡Rápidamente te apoderas de lo que no ganaste! —replicó un capitán de Pizarro—. ¡Ese oro os lo daremos nosotros, pero no es vuestro!

—¡Mientras perdemos el tiempo discutiendo, los ejércitos del Inca avanzan sobre Cajamarca! ¡Debemos ejecutarlo ya mismo! —gritó Riquelme.

Pizarro intentó hacerse oír, mientras seguían surgiendo voces, unas a favor y otras en contra de la pena de muerte.

—¡Hernando de Soto ha enviado mensajes diciendo que no ha encontrado tropas del Inca en las cercanías! —gritó.

—¡El Perú es demasiado grande! ¿Cómo puede asegurar Soto que no hay ejércitos a todo lo largo y a todo lo ancho de este imperio? ¿Acaso él es Dios que puede estar en todas partes? —replicó Almagro.

Una risotada general de su gente festejó sus palabras.

—¡No podemos dejar al reino sin un rey y nosotros solos no podremos gobernarlo! —argumentó Pizarro.

—¡Podemos nombrar, en lugar de AtaHuallpa, un Inca más dócil y menos peligroso para nosotros! —dijo Almagro.

—¡Sí, ésa es una buena solución! ¡Ejecutemos a AtaHuallpa y nombremos a alguno de sus hermanos en su lugar! —apoyó uno de sus capitanes.

Fray Valverde solicitó un poco de calma y dio la palabra a Riquelme, que expuso sus argumentos:

—Señores, evidentemente el Inca es una persona muy astuta. No podemos confiar en él. Si queremos llegar a Cuzco para cumplir con nuestra misión de colonizar, es necesario cubrirnos las espaldas. No veo otra solución que ejecutarlo. Si no lo hacemos, él lo hará con nosotros. Es bien sabida por todos la crueldad de AtaHuallpa, que no tuvo remordimientos cuando mandó matar a miles…

—¡Esos miles murieron en batallas, en enfrentamientos por el poder! ¡También nosotros hemos matado así a muchos en esta tierra! —exclamó Diego de Guzmán, uno de los capitanes de Pizarro.

Riquelme, sin oírlo, continuó:

—Mandó matar a su hermano Huáscar y a toda la nobleza cuzqueña…

—¡No tenemos pruebas de ello! —respondió Pizarro.

—¡Sí las tenemos! —replicó Almagro—. Hay demasiados testimonios que lo certifican…

—¡Rumores, puros rumores! Desde que llegamos a Cajamarca abundan los rumores… ¿Pero es eso suficiente para ejecutar al Inca? —contestó Pizarro.

—¿Te parecen rumores lo dicho por Chalcuchima? ¡Su versión ha sido corroborada por otros generales y hasta a una de sus mujeres se la ha oído decir que Rumiñahui pronto llegaría con muchos hombres para liberar a su señor!

—¡El Inca ha estado enviando órdenes secretas a sus jefes!

—¡El Inca se ríe de nosotros!

—¡Debemos ejecutarlo!

Pizarro, evidentemente confundido, abrumado por las voces que se alzaban airadas a su alrededor, buscó el apoyo de sus capitanes, pero no fue suficiente, no tenían argumentos para seguir defendiéndolo. Las pruebas en contra tenían más peso; además, Pizarro no podía sustraerse a la opinión de los oficiales reales –entre ellos, Riquelme– cuya resolución era la que más pesaba. De manera que, tras una áspera discusión, el veredicto fue fulminante: pena de muerte para AtaHuallpa.

Redacté el documento pertinente que fue firmado, en primer lugar por el padre Valverde, como representante de la Iglesia, ya que, al no ser AtaHuallpa cristiano, debía morir en la hoguera, como hereje.

A todos los que habíamos conocido al Inca durante aquellos ocho meses de su cautiverio, nos repugnaba la idea de su ejecución y, más aún, firmar su sentencia de muerte.

Almagro, con evidente alegría, quiso dirigirle algunas palabras a Pizarro, pero éste se apartó de su socio con evidente disgusto. A medida que iban firmando, se retiraban del recinto, unos cabizbajos, otros eufóricos.

Yo, en mi doble calidad de cronista y escribano, certifiqué aquella sentencia:

... a los 26 días del mes de julio de 1533, año de Nuestro Señor...

Dentro de mi profunda pena, me alegré, en aquel momento, de que ni Hernando Pizarro ni Hernando de Soto tuvieran que firmar aquel fatídico papel.

Al salir de la reunión, me encontré con Pedro e Illencka, que aguardaban afuera. Les di la mala noticia, aunque ya mi rostro lo decía todo. Pedro largó una maldición y pegó un puñetazo al aire. Illencka no pronunció palabra alguna, pero su consternación fue evidente. Con paso sereno, se apartó de nosotros. La vimos caminar a través de la plaza apenas iluminada por la luz azulada de la luna. Cuando ya casi se había perdido entre las sombras de las calles de Cajamarca, nos llegó como un rumor que parecía brotar de las piedras, su voz triste entonando aquella melancólica canción:

Vagad, vagad por el mundo
¡Oh, padres de mis padres!

Madre Pachamama devolverá
el aliento del Inca,
para que vuele junto al cóndor,
eternamente...

LA EJECUCIÓN

Ese mismo día, cuando ya el crepúsculo comenzaba a caer sobre las montañas que rodeaban el valle de Cajamarca, fray Valverde decidió ser él quien diera la noticia al Inca, ya que Pizarro se negó a hacerlo.

Pedí al padre dominico que me permitiera acompañarlo. Aceptó de inmediato, casi con alivio de no tener que estar frente al soberano a solas, dándole la mala nueva.

Mientras nos acercábamos a la casa de AtaHuallpa, se nos acopló Illencka, que dijo querer ver al Inca.

Juntos, pedimos ser admitidos y, al poco, nos condujeron ante el soberano.

Se hallaba sentado en su trono, mirando distraídamente a través de la ventana. En los últimos días había adelgazado y su rostro se veía demacrado. Grandes ojeras rodeaban sus oscuros ojos, donde la fiereza parecía hallarse en reposo. Nos saludó al entrar poniéndose en pie y avanzando unos pasos. Su expresión de extrañeza al ver al padre Valverde dejó traslucir su sospecha de que algo no iba bien.

El padre comenzó su disertación, algo lento y confuso, mientras Illencka le traducía palabra por palabra.

Al principio, pareció no entender lo que se le decía. Estaba consternado. No comprendía qué era lo que había producido aquel cambio tan drástico en la decisión de Pizarro. Miraba a fray Valverde mientras éste largaba su discurso, balbuciente y lleno de indecisiones, en tanto su frente se iba poblando de arrugas y su mirada de perplejidad. Cuando al fin pareció comprenderlo nos miró a los tres. Sus ojos se llenaron de una angustia infinita y buscaron en los nuestros una respuesta.

La sala se saturó de un silencio opaco, nadie pronunciaba palabra. Tan sólo la mirada desconcertada de AtaHuallpa parecía hablar. Hablaba de su sufrimiento sin límites, de su agonía, de su soledad. En ella vi reflejados, por un momento, sus más ocultos pensamientos, sus recuerdos, sus batallas ganadas, sus batallas perdidas, su gran imperio —sobre el que ya no reinaría— sus ejércitos, su poderío, la alegría de sus mujeres, la risa de sus hijos.

Después de aquel largo silencio, fray Valverde le explicó que, no siendo cristiano, debería morir en la hoguera, según nuestras costumbres, pero que podía evadirse de tal tormento si accedía a ser bautizado.

—¿Dejaré de morir si accedo? —preguntó AtaHuallpa con una sonrisa triste, casi burlona.

—No, pero morirás en el garrote vil. Es más rápido y humanitario.

El Inca respondió:

—Los españoles tenéis un concepto muy extraño de lo que es humanitario. Humanitario es perdonar, no matar.

—Tú has matado a tus enemigos —contestó el padre, defendiéndose.

—Eran mis enemigos. Me habían traicionado. Yo no traicioné al Apo, cumplí con mi promesa. Ahora, no intentes consolarme en vano. Háblame de tu dios. Es necesario que lo reconozca cuando esté frente a él.

Fray Valverde le aseguró, entonces, que le esperaba una nueva vida, eterna, pero que, para ello, debía tener fe. La plática siguió durante más de una hora.

—Te prometo que no sufrirás —dijo, al fin, el padre dominico.

—Ante la muerte no sufre el cuerpo, sino el alma. Sólo temo al dolor de mi alma, al saber que mi pueblo y mi familia sufrirán por mí. Los dioses no siempre están dispuestos a consolarnos. En el momento de nuestra muerte, estamos solos —dijo sereno.

El padre Valverde intentó consolarlo, pero no lograba encontrar las palabras justas. En aquel momento, me di cuenta de cuán diferentes eran ambos pueblos. Qué alejadas de las nuestras estaban su sabiduría y sus creencias. Aún cuando habíamos aprendido su lengua, no habíamos, sin embargo, aprendido a conocer sus sentimientos.

"Por dentro no nos ven", había dicho una vez Illencka.

Ahora comprendía plenamente lo que me había querido decir.

AtaHuallpa interrumpió al padre dominico:

—¿Me prometes, entonces, que mi cuerpo no será destruido y podrá recibir las ofrendas de los míos?

—Sí, te lo prometo, serás enterrado como cristiano, tu cuerpo permanecerá en la tierra.

El Inca pareció tranquilizarse y de inmediato preguntó:

—¿Por qué el Apo Pizarro no ha venido? Quisiera que él se encargara de la tutela de mis mujeres y mis hijos, sino correrán el peligro de morir a manos de mis enemigos.

La pregunta parecía estar dirigida a mí. Le dije que Pizarro no era el que había tomado la decisión final y que no había tenido coraje para venir a verlo.

La respuesta pareció satisfacerlo. Permaneció mudo durante un dilatado lapso de tiempo. Al fin, dijo:

— A todos nos abandona el coraje, antes o después…

Illencka, entonces, se aproximó al soberano y le habló con voz queda, en la misma extraña lengua que había utilizado para saludarlo la noche en que fue hecho prisionero. AtaHuallpa pidió quedarse a solas con ella. Los soldados que nos acompañaban salieron de la sala siendo seguidos por el padre Valverde. Intenté hacer lo mismo, pero me detuvo la voz del Inca:

—Fernando, quédate…

Obedecí. Me refugié en un rincón y permanecí en silencio mientras ellos hablaban aquella lengua parecida al quechua, pero que yo no lograba comprender.

Hablaron durante mucho tiempo, luego, se sentaron sobre el suelo, frente al gran ventanal que daba al valle. La sala se había ido oscureciendo poco a poco ante la llegada inminente de la noche. Desde donde yo me encontraba, podía ver, en las penumbras el perfil de Illencka, sentada a la izquierda del Inca, ambos mirando a través del ventanal, como si esperaran algo que no tardaría en producirse.

No moví ni un músculo. Aquella escena tenía algo de magia, de misterio. Había una atmósfera irreal, como si la escasa luminosidad que nos envolvía danzara a nuestro alrededor.

De repente, un rayo de luna entró por la abertura e iluminó sus perfiles. La luz se detuvo en la piedra de jade que Illencka llevaba al cuello y le arrancó un destello verde. La mascapaicha que el Inca ostentaba aún sobre su frente, parecía una gota de sangre engarzada en oro.

La piedra de jade se siguió llenando de luz hasta que, finalmente, estalló en el aire.

En ese momento, oí un aleteo.

Enseguida, un inmenso cóndor apareció frente a la ventana y se posó en ella. El Inca inclinó la cabeza y el cóndor, con su pico, arrancó suavemente la mascapaicha de su frente. Luego, agitó sus alas un breve momento y, con un pesado aleteo, se alejó, perdiéndose en las alturas.

Poco después, la luz de la luna se apaciguó y ambos se pusieron de pie, dirigiéndose hacia mí.

—Adiós, Fernando Espárrago —me dijo el Inca poniendo sus manos sobre mis hombros.

Illencka y yo salimos de allí en completo silencio.

Al atravesar la plaza, me dijo:

—No harás preguntas porque tú entiendes.

Efectivamente, no hice preguntas, pero no estaba muy seguro de entender.

Tampoco entendí por qué, al salir y mirar hacia arriba, no pude hallar el perfil de la luna en el cielo.

* * *

Mientras tanto, enterados de la decisión y acatando las órdenes pertinentes, los soldados habían hundido en mitad de la plaza un poste amontonando leña a su alrededor. Pero, poco después, al recibir Pizarro la noticia, por boca de fray Valverde, de que AtaHuallpa accedía a ser bautizado, conmutó la pena de la hoguera por la del garrote. Varios soldados procedieron, entonces, a preparar la picota, que había sido instalada en el mismo momento de llegar a Cajamarca, como símbolo disuasorio para los rebeldes o delincuentes, ya que, en semejantes circunstancias, se hacía muy difícil mantener el orden entre los españoles.

Una parte de las ropas y algunos cabellos del Inca serían quemados de forma simbólica.

Un pregonero hizo conocer la noticia, siendo precedido por el sonido estridente de las trompetas mientras la plaza se iba llenando de antorchas.

Poco a poco, una multitud silenciosa y perpleja se fue acercando al lugar. No podían creer que su señor fuera a morir. Tampoco entendían aquel extraño y siniestro instrumento que, según decían, iba a provocar su muerte.

Cuando aquel gentío de seres silenciosos y atónitos llenó la plaza en su totalidad, el Inca fue conducido hacia el patíbulo mientras la llama oscilante de las antorchas iluminaba los rostros de los españoles que aguardarían, junto a él, la orden final.

AtaHuallpa avanzó con paso firme y la cabeza erguida, siendo escoltado por dos soldados.

A medida que caminaba, los habitantes de Cajamarca bajaban la cabeza, ocultando las lágrimas, en señal de respeto y sumisión. Aún lo consideraban su señor.

Al llegar junto a la picota se detuvo. El padre Valverde se acercó a él y, mojando su frente con agua bendita, lo bautizó con el nombre de Francisco, mientras rezaba entre dientes.

El murmullo de la multitud me hizo ver lo incomprensibles que debían ser, para aquella gente, nuestros ritos y rezos.

Yo me encontraba a la derecha de AtaHuallpa. Me pareció que buscaba con la mirada a Pizarro, pero el gobernador no estaba allí. Hacía pocos minutos que Pedro y yo lo habíamos visto encerrarse en su despacho, sin ánimos de ver la ejecución que él había firmado.

De pronto, noté su mirada clavada en mí. A pesar de la distancia, vi que sus ojos habían recuperado la dignidad perdida días atrás, durante su cautiverio. Volvía a ser el soberano poderoso, el guerrero invencible, el rey que su pueblo necesitaba.

Me miró largamente. Se estaba despidiendo de mí.

Dos soldados avanzaron y lo sujetaron al poste, en el que se veían dos agujeros por donde deslizaron una cuerda formando un aro y pasaron por él la cabeza del soberano hasta que quedó a la altura de su cuello.

Fray Valverde, a su lado, rezaba en voz baja con la Biblia entre las manos y un rosario de cuentas oscuras que se destacaba sobre su túnica blanca, proyectando sobre ella pequeñas sombras que no cesaban de moverse por la oscilación de los cirios y las antorchas.

La multitud, en silencio, aguardaba resignada.

Alguien gritó la orden.

Redoblaron los tambores. El verdugo dio la primera vuelta al torniquete mientras fray Valverde aceleraba los rezos. Todos bajamos la cabeza y nos unimos a sus oraciones, musitando el Credo.

El verdugo apretó aún más la cuerda, que se hundió en la garganta del Inca.

Levanté la mirada.

El verdugo volvió a apretar la cuerda.

De repente, la cabeza del Inca, con el cuello roto, cayó sobre su pecho.

AtaHuallpa había muerto.

* * *

Los rezos cesaron, pero la ceremonia aún no estaba concluida. Un soldado acercó al ruedo de su túnica una antorcha. Una urgente llamarada se elevó hasta su pecho, quemando una parte de sus cabellos.

Repentinamente, en el silencio de la plaza se empezó a oír el sonar de pequeños tambores y el llanto quedo de sus mujeres, que despedían así a su señor, a su soberano. Largo tiempo se escucharon los lamentos hasta que, poco a poco, se fueron acallando y, entonces, una calma tensa se extendió por todos los rincones.

Fue en ese momento que vi a Illencka muy cerca del patíbulo, donde las antorchas iluminaban débilmente el cuerpo solitario de AtaHuallpa.

La niña tenía las dos manos cerradas, apoyadas sobre su pecho. Ambos puños enfrentados, unidos por los nudillos.

Levantó su mirada hacia el cielo.

La noche, negrísima, se abría sobre nuestras cabezas como un funerario telón, donde brillaban los ojos de mil estrellas.

Entonces, desde lo alto, comenzó a caer lentamente una lluvia de mariposas muertas que cubrió por completo la figura inerte del Inca.

La partida

El cadáver del Inca permanecería toda la noche en el lugar de la ejecución y durante toda la noche oiríamos, sobrecogidos, los lloros y lamentos de su pueblo.

Pretextando un fuerte dolor de cabeza, me separé de Pedro y me dirigí hacia mi habitación. Quería quedarme a solas. Ni siquiera me acosté. No hubiera podido pegar un ojo. Sentía dentro de mí un tumulto de sentimientos que me tenían lleno de dudas. Nunca supe, nunca supimos, ni en ese momento ni mucho después, a mi regreso a España, si la muerte del Inca había servido para algo. Y, para colmo de males, no supimos tampoco si murió como culpable o como inocente. Creo que esa tremenda duda nos acompañó siempre, especialmente a Francisco Pizarro, quien, algún tiempo después, lamentaría aún más la muerte del soberano al verse incapacitado para mantener unido al Imperio. Unión que sólo AtaHuallpa hubiera sido capaz de sostener. Personalmente, me sentía confundido y abrumado por la catarata de acontecimientos de los últimos días que había decantado en una decisión tan drástica y definitiva.

Mi estado de ánimo no era el más adecuado para poner al día mis escritos y corregir posibles errores, pero me dije a mí mismo que debía sobreponerme y resignarme a los hechos, de manera que me dediqué a repasar mis notas aunque mis pensamientos regresaban a la plaza de Cajamarca, una y otra vez. Ante mis ojos tenía y tendría, por mucho tiempo, los ojos del Inca albergando el último hálito de vida.

* * *

Hacía ya un par de horas que estaba en esa función, cuando tuve la sensación de no estar solo. Me volví. A mis espaldas estaba Illencka, sentada sobre mi camastro. Sus ojos estaban tan fijos en mí que me asusté. Brillaban de un modo extraño. Ya no parecían negros, una luz verde salía del fondo de sus pupilas.

—¡Illencka! ¿Cuánto hace que estás ahí?

Su voz grave sonó lejana:

—Mucho antes de que entraras. No quise distraerte.

Pensé que era imposible no haberla visto. Al entrar había arrojado sobre la cama mi capa y mi sombrero y ella no estaba allí. Estaba seguro.

—Sigue. No hagas caso de mí —me dijo.

Cerré el cuaderno.

—No. Es igual. De todos modos no podría concentrarme en mi trabajo.

—¿Estás triste?

—Sí, mucho. ¿Y tú?

No me respondió inmediatamente. Cuando lo hizo esquivó la respuesta:

—¿Sabes que AtaHuallpa ya está en el Ucu Pacha, el mundo de los que van a nacer?

—¿De los que van a nacer?

—Sí, se siembran muertos y se cosechan vivos. Sólo cuando sembramos un muerto puede nacer uno vivo para reemplazarlo. Cambiamos las tumbas por cunas...

La miré extrañado.

—Lo dice mi maestro —dijo—, todo muerto lleva en su vientre a un ser vivo. También el jaguar lleva en su vientre a otro jaguar y éste lleva a otro y así hasta el infinito... Por eso, el Inca no ha muerto, ni morirá, por muchos Apos blancos que vengan y lo vuelvan a matar. Él seguirá vivo. El Apo Pizarro ha matado su cuerpo, pero su sombra está con su gente. Su sangre ya no está en sus venas, ahorita está en la tierra y la tierra somos nosotros, el pueblo incaico.

La escuché en silencio. Había momentos, como aquél, en que sentía que mis palabras no podían expresar nada. Ella sabía decir mucho más.

* * *

A la mañana siguiente, el cuerpo fue amortajado y colocado en un ataúd. Apenas fue retirado de la plaza muchos de sus súbditos se abalanzaron hacia aquel lugar y cavaron en el sitio donde habían estado apoyados sus pies, para poder llevarse un puñado de tierra como reliquia.

Fray Valverde ofició entonces una misa a la que asistimos todos los españoles. Nos cubrimos las cabezas con sombreros negros de fieltro, en señal de duelo. Creo, sin temor a equivocarme, que muchos de nosotros sentíamos en nuestras conciencias aquella muerte como una losa.

Desde fuera del templo nos llegaban los llantos y gritos de las mujeres del Inca que nuestras voces, en rezos continuos, no atinaban a silenciar.

En la penumbra de la iglesia alcancé a divisar a Francisco Pizarro, cabizbajo y con la frente apoyada en su mano derecha, mientras murmuraba las oraciones.

En mitad del oficio, nos interrumpieron voces y gritos. Fray Valverde se dirigió hacia la entrada y al abrir la puerta pudimos ver a algunas de las mujeres del Inca, a sus hermanas y a otras que pedían ser ejecutadas junto a su señor, diciendo que por él habían vivido y que con él querían morir. Fray Valverde, con ayuda de los soldados, logró que se fueran de allí.

Poco después, nos enteraríamos de que se habían ahorcado en sus habitaciones, en la casa que compartieran con AtaHuallpa.

Al terminar el oficio, salimos a la plaza.

Pedro caminaba a mi lado, silencioso y mustio.

Evitamos mirar hacia el centro de la plaza y nos dirigimos a nuestras casas a realizar los preparativos para partir cuanto antes hacia Cuzco, la capital del imperio, apenas se nombrara al sucesor de AtaHuallpa. En el camino nos cruzamos con Pizarro que estaba dando órdenes a algunos chasquis para que llevaran la noticia de la muerte del Inca a los cuatro rincones del Tahuantinsuyu.

Algunos generales incaicos se acercaron al gobernador y le pidieron que les fuera entregado el cuerpo para poder llevarlo hasta Quito, donde sería honrado y enterrado entre los suyos. El general Rumiñahui se encargaría de las exequias.

Pedro, Illencka y yo nos encaminamos hacia una de las casas, precisamente hacia aquella adonde había sido llevado el Inca la noche de su captura. Nos sentamos en silencio alrededor de la gran mesa, donde Pizarro y AtaHuallpa habían bebido en copas de cristal. De repente, oímos voces y arrastrar de botas. Inmediatamente, en el vano de la puerta, vimos recortarse la figura de Hernando de Soto. Acababa de llegar y se había enterado de la muerte del Inca. Su rostro estaba desencajado.

Se abalanzó sobre nosotros, furioso:

—¿Cómo no lo impedisteis? ¡Maldita sea!

Logramos hacerle entender que no había sido nuestra decisión, que la misma había sido tomada por mayoría y que, desgraciadamente, nada hubiéramos podido hacer, mucho menos Pedro y yo.

En ese momento, entró Pizarro quien, al ver a Soto, intentó un saludo de bienvenida, pero el capitán se limitó a una breve reverencia militar, diciendo a continuación:

—Supongo, gobernador, que ya no es necesario mi informe sobre las tropas de AtaHuallpa, aunque debo decirle que en todo el camino no vimos ni un solo hombre armado ni ejército alguno. Ahora, si me lo permite, iré a desensillar mi caballo.

Y abandonó la habitación, mientras Pizarro desviaba la mirada, evitando mirarnos.

* * *

En los días que siguieron se procedió a designar al sucesor de AtaHuallpa.

Por unanimidad de españoles y nobles incas, se decidió que fuera uno de los hermanos de AtaHuallpa: Tupac Huallpa, hombre dócil y dispuesto a una alianza con Pizarro.

Se organizó la ceremonia con los ritos típicos del Perú y el nuevo Inca fue investido con la mascapaicha por el mismo Pizarro, quien le hizo entrega de un estandarte real y pactó con él un acuerdo de amistad y obediencia al rey de España.

En los días siguientes, recibimos ofrendas y visitas de los cuaracas de los alrededores ofreciendo fidelidad y sumisión a Pizarro, pero no estábamos tan seguros de la fidelidad de los caciques que gobernaban las regiones más alejadas.

Dos días después, el 11 de agosto de 1533, partimos hacia Cuzco. Con nosotros iba el nuevo Inca, quien nos ofrecía protección con su sola presencia, aunque había aún muchas tribus hostiles que esperarían sorprendernos en cualquier camino. También llevábamos a Chalcuchima, a quien se lo veía eufórico desde la muerte de AtaHuallpa.

Cruzamos las tierras de Andamarca, donde había sido asesinado Huáscar, según uno de los indios que nos acompañaban. No encontramos resistencia, aunque sí muchos destrozos producidos por las sangrientas batallas entre los ejércitos de Huáscar y AtaHuallpa.

Si bien al principio no tuvimos grandes peligros en el camino, sí tuvimos que soportar el rigor del clima aunado al mal de las alturas, ya que a medida que avanzábamos las cumbres se iban elevando cada vez más.

Uno de los más grandes impedimentos fue tener que atravesar ríos de aguas muy agitadas sin poder servirnos de los puentes ya que habían sido destrozados por los guerreros de AtaHuallpa en su afán de impedirnos la llegada a la capital del imperio.

Según los informes de Hernando de Soto, el desorden entre las distintas tribus continuaba a pesar de haber sido vencido Huáscar. En Cuzco se hallaba el grueso del ejército de AtaHuallpa al mando de su general Quizquiz, de quien solíamos tener a menudo noticias poco favorables ya que se decía que no permitiría nuestra entrada a la ciudad, lo cual era evidente por los destrozos que había dejado a su paso.

Por todo esto, Pizarro consideró conveniente enviar a un Orejón del nuevo Inca con un mensaje para Quizquiz. El hombre partió con un pequeño cortejo como embajador de paz.

Días después nos enteraríamos de que Quizquiz lo había recibido como a un traidor, dándole muerte a él y a todos sus acompañantes, menos a uno que logró salvar su vida y traernos la noticia. De manera que ya sabíamos, sin lugar a dudas, el recibimiento que íbamos a tener.

Varias jornadas después llegamos a las cercanías de Jauja. Allí fue donde encontramos un gran cargamento de oro que iba hacia Cajamarca y que se había detenido al conocerse la muerte del Inca, lo cual llenó de disgusto al tesorero Riquelme y a varios oficiales de Almagro que dedujeron que, a causa de haber dado muerte a AtaHuallpa, muchos otros cargamentos se habrían detenido de la misma manera, perdiéndose así gran parte del oro.

* * *

Una noche en que habíamos acampado en uno de los valles, a orillas de un pequeño río, percibí cierto nerviosismo entre los capitanes y Pizarro, a quien había visto pasar como una exhalación en busca de nuestro médico. Al ver a Pedro correr tras el gobernador, me puse a la par:

—¡Pedro! ¿Qué ocurre?

—Tupac Huallpa está muy enfermo. No sabemos qué es lo que tiene…

—¿Ha sido repentino?

—Pues sí. Esta tarde lo vi en perfectas condiciones y ahora está gritando como un marrano, quejándose de dolores.

Entramos en la tienda del nuevo Inca. Allí estaba Pizarro, el médico, Soto y dos capitanes más y el médico particular del soberano.

En un camastro ubicado en un costado de la tienda se hallaba Tupac Huallpa, con la piel empapada en sudor, las dos manos sujetando el vientre y el rostro crispado en una mueca de dolor.

Nuestro médico parecía desconcertado, también lo estaba el médico indio, que procuraba calmar los dolores del nuevo soberano aplicándole cataplasmas de grano pulverizado y dándole a beber un brebaje hecho de hierbas.

Toda la noche se hicieron esfuerzos por curarle de aquel mal desconocido, pero todo fue en vano, al amanecer el Inca falleció en medio de grandes dolores.

Pizarro estaba furioso. Temía que hubiera sido envenenado y muchos de nosotros éramos de la misma opinión.

A los dos días se presentó Manco, un hermano de Huáscar, acompañado de un pequeño cortejo trayendo prisionero a uno de los chasquis que, secretamente, había ido enviando Chalcuchima para tener informado a Quizquiz sobre nuestros movimientos.

Pizarro, al saber la traición de Chalcuchima, saltó sobre él y echándole las manos al cuello, le gritó:

—¡Ah, conque esto es lo que nos tenías preparado, traidor!

Y ordenó su inmediata ejecución.

Manco se presentaba a los ojos de Pizarro como el más indicado para ocupar el puesto del Inca muerto, de manera que se preparó todo para su próxima coronación.

Teniendo conocimiento de las grandes riquezas que encerraba Jauja, nos dirigimos hacia allí, pero temiendo una emboscada, Pizarro envió a Almagro y a Soto a inspeccionar la zona, lo que hicimos acompañados por un pequeño grupo de escuderos. Nuestro avance se vio dificultado por un turbulento río de aguas muy crecidas, a raíz de los deshielos, y que debimos atravesar sin poder utilizar el puente que, al igual que los otros, había sido destruido. Al traspasar el río fuimos sorprendidos por un grupo de guerreros que nos aguardaban ocultos entre la maleza. Si bien el ataque fue imprevisto, Soto pudo arremeter contra ellos y desbandarlos. Al huir, se encontraron con Almagro y su gente que les cortaron la retirada. Muchos fueron hechos prisioneros; entre ellos, había tres mujeres de la familia de Huayna Capac, a las que llevamos a Jauja. En la puerta de la ciudad nos encontramos con Pizarro que llegaba en esos momentos.

Nuestra entrada, como era de suponer, causó perplejidad entre la población.

Pusimos nuestros caballos a paso tranquilo y así avanzamos por las amplias avenidas de aquella magnífica población, cuya riqueza saltaba a la vista, miráramos hacia donde miráramos.

* * *

Pedro, al notar que una de las jóvenes prisioneras miraba de manera insistente a Soto, me guiñó un ojo y apresuró su caballo para ponerlo a la par de Hernando, ajeno a lo que se le venía.

—Hernando…

—¿Sí, Pedro?

—¿No has notado nada a tu alrededor?

—¿Como qué?

—Como un par de ojos negros fijos en ti…

Hernando volvió la cabeza y lo miró como si estuviera loco.

—¿Queeé?

—¿No sientes un calorcillo en la nuca?

—Pedro… ¿Te sientes bien?

—¿No sientes como que la primavera ha llegado hasta ti?

Hernando lo miró con ojos desorbitados:

—¡Pedro! Tú estás borracho…

—Nunca he estado más sobrio…

—Entonces…, ¿qué te ocurre?

—¡Que tienes una ñusta enamorada detrás de ti! —el grito de Pedro alertó a la soldadesca y todos a uno, incluido Hernando, volvieron la cabeza para sorprender a la joven inca dedicándole tiernas miradas a nuestro apuesto capitán.

¡Pobre Hernando! Hubo de soportar bromas hasta el amanecer. Lo cierto es que, a partir de aquel día, la joven Tocto Chimbo Curicuillor, fiel enamorada de Hernando de Soto, no se apartaría un segundo de él y lo acompañaría a lo largo de toda la conquista.

En rigor de verdad, creo que su dulce compañía fue bien recibida por Hernando, enamoradizo por naturaleza.

Fray Valverde, a pedido de Soto, la bautizaría con el nombre de Leonor. Para todos nosotros: "Doña Leonor".

* * *

Nos establecimos en Jauja, aunque no por mucho tiempo, pero sí el suficiente como para comprobar que todo lo que de ella se contaba era cierto.

Si bien muchos tesoros habían sido enviados a Cajamarca para el rescate de AtaHuallpa, los que allí quedaban eran más que suficientes para pagar otro rescate similar.

Pizarro decidió fundar allí mismo una ciudad para los españoles y designó a Riquelme como futuro encargado de la custodia del oro que llevábamos y de hacer el recuento de los nuevos tesoros que contenía Jauja.

Mientras el gobernador se quedaba en ella algunos días para organizar el nuevo poblado, decidió que Hernando de Soto se adelantara con un grupo de soldados hasta las cercanías de Cuzco, con orden de esperarlo en las afueras.

Pedro y yo iríamos con él. Mi problema era saber qué iba a hacer Illencka, ya que desde la muerte de AtaHuallpa no había vuelto a hablar con ella. La niña se había sumido en un total hermetismo y sólo abría la boca cuando Pizarro le pedía que tradujese algún mensaje recibido o alguna conversación con indios.

Desde la salida de Cajamarca, si bien no se separaba de mi lado en las marchas, apenas nos deteníamos para acampar desaparecía como por milagro y no volvía hasta que nos disponíamos a partir. En varias oportunidades me pregunté cómo se había alimentado esos días, porque ni siquiera había hecho acto de presencia durante las comidas.

Aquella mañana en que nos disponíamos a partir rumbo a Cuzco, yo me hallaba preparando a Azulejo cuando noté su presencia silenciosa a mi lado.

—Hola, Illencka.

—Voy contigo, Fernando Espárrago —me contestó muy seria.

—¿Te lo pidió Pizarro?

—No. Me lo pides tú.

Tenía razón. Yo deseaba que viniera y ella lo sabía sin yo decírselo.

Monté en mi caballo y la ayudé, luego, a subir a la grupa.

Ya adentrados en la ruta, le pregunté:

—¿Tú querías venir?

—Claro.

—¿Estás enfadada conmigo?

—No.

—¿Y con Pedro?

—No.

—¿Estás enfadada con alguien?

—No.

—¿Sientes pena por la muerte de AtaHuallpa?

—Siento pena por todo.

Decididamente no estaba muy dispuesta a seguir hablando. Respeté su silencio y me limité a comentar los pormenores del camino con Pedro, que cabalgaba a mi lado.

La travesía fue difícil y fatigosa, pero, al fin, llegamos a una zona desde la que se divisaban, a lo lejos, las primeras casas de Cuzco y mucho más cerca, la ciudad de Vilcas.

Para llegar hasta ella tuvimos que atravesar un terreno repleto de pendientes, ríos y abruptas subidas, ya que se hallaba a gran altura y los caballos no atinaban a asentar sus patas sobre los pedruscos del camino. Allí, a mitad del recorrido, fuimos atacados por un grupo del general Quizquiz que, afortunadamente, Soto logró vencer, ayudado, en gran parte por los relinchos furiosos de los caballos que los paralizaron de espanto. Aquellas pequeñas escaramuzas se repetirían cada dos por tres. Creo que la intención de las mismas era debilitarnos poco a poco.

Los ríos que nos interrumpían el camino no eran, a pesar de ser caudalosos, obstáculos para nuestro capitán que, no amilanándose por nada, seguía adelante como si una fuerza interior lo impulsara.

La verdad era que Soto quería llegar a Cuzco antes de que lo hiciera Almagro, que venía detrás de nosotros. En su actitud quedaba claro el resquemor que aún sentía hacia el socio de Pizarro, mucho más al saber que había sido el principal instigador de la muerte de AtaHuallpa. Desgraciadamente su furioso avance nos estaba destrozando. Los caballos se veían fatigados y los hombres estábamos siendo sometidos a marchas de muchas horas, prácticamente sin descanso, por un terreno desconocido y difícil, lleno de peligros. Si a todo esto le sumábamos los ataques que, periódicamente, nos infligían los guerreros de Quizquiz, era para considerar aquel avance de locura desenfrenada.

Cuando ya era inminente la entrada a Vilcas, Hernando hizo detener a los soldados para inspeccionar la zona, ya que según los últimos rumores Quizquiz estaba en ella con el grueso del ejército.

Dos soldados fueron enviados para que verificaran este hecho, pero poco después volvían con la noticia de que

Quizquiz no estaba en la ciudad, por lo que decidió que entráramos en ella y nos apoderáramos de lo que allí había. Eso hicimos, pero al llegar la noche un numeroso grupo de indios cayó sobre nosotros de sorpresa, matando a uno de los caballos. Logramos refugiarnos en la plaza de Vilcas y allí aguantamos todo lo que pudimos, pero al día siguiente fuimos nuevamente embestidos. El ataque fue tan encarnizado que Hernando hubo de capitular con ellos. Nos exigieron devolver todo lo que habíamos tomado y únicamente así se nos permitió salir de la ciudad. Sólo éramos sesenta hombres a caballo. No podíamos correr el riesgo de perder ni hombres ni animales.

Después de eso, Soto apresuró aún más la marcha, contraviniendo la orden de Pizarro de esperarlo en los alrededores de Cuzco.

Seguimos avanzando, sin detenernos ni por un minuto, por lugares casi inaccesibles. Así, cruzamos el río Abancay, que corría al fondo de una profunda hondonada. Más adelante nos encontramos con una barrera casi infranqueable: la del río Apurimaj, profundo y caudaloso. El puente, como todos los demás, había sido destrozado, por lo que tuvimos que cruzarlo, con serias dificultades, por nuestros propios medios. Al llegar a la otra orilla nos esperaba una abrupta subida que, debido al esfuerzo que había demandado el cruce del río, se nos presentaba como una empresa sobrehumana. Soto, en un impulso que más adelante lamentaría, nos ordenó subir de inmediato, sin detenernos a descansar. Así, con un mínimo de fuerzas y con los caballos agotados, emprendimos la difícil ascensión.

El terreno parecía bailar bajo las patas de los caballos y las botas de los hombres.

Los animales eran incitados a seguir subiendo a fuerza de latigazos y espuelas.

Los pobres brutos tenían la piel brillante de sudor y de sus bocas caían ríos de espuma. Muchos hombres caían arrastrados por las piedras que se desprendían bajo sus pies. Pedro, en más de una ocasión hubo de ayudarme, ya que mi físico no era el más apto para aquel esfuerzo. Nuestras camisas estaban empapadas y las riendas escapaban de nuestras manos sudorosas. Illencka, habituada a aquel difícil territorio, trepaba con agilidad. Era la única que parecía no sentir el esfuerzo.

En mitad de la ascensión, en un lugar llamado Vilcaconga, y cuando ya creíamos que nuestros cuerpos no podían dar ni un solo paso más, sorpresivamente se nos echaron encima tres mil guerreros del ejército de Quizquiz, que nos estaba aguardando, advertido ya de que no éramos tan inmortales como habían creído.

Fue aquél uno de los momentos más difíciles de nuestra ruta y donde estuvimos a punto de perder la vida.

La lucha fue desigual y encarnizada; nos defendimos como mejor nos permitieron nuestras escasas fuerzas, pero aquel enjambre de indios furiosos, armados y físicamente en condiciones óptimas, nos sobrepasaba en número y en fortaleza. A los caballos les resultaba muy difícil moverse, ya que los indios habían cavado infinidad de hoyos para provocar sus caídas. La batalla duró hasta que cayó la noche. Recién entonces, ante la falta de luz, se retiraron y pudimos recomponernos, aunque tuvimos que lamentar la muerte de cinco españoles, que cayeron con la cabeza destrozada por las terribles macanas de piedra que tan hábilmente manejaban los guerreros de Quizquiz. Otros once hombres terminaron con heridas muy serias y habían muerto dos caballos.

Fue una noche larga y angustiosa. Los que estábamos en pie tratábamos de ayudar a los heridos y reorganizar el grupo. Las horas nocturnas nos trajeron algo de paz y descanso, pero apenas surgieron las primeras luces del día nos volvieron a atacar con todas sus fuerzas y, cuando ya creíamos que nuestro fin estaba próximo, oímos el sonido estridente de trompetas.

Era Almagro que se acercaba a todo galope con un grupo reducido de treinta soldados, pero que, gracias a las trompetas, parecía ser mucho más numeroso.

Eso salvó nuestras vidas.

Quizquiz huyó con sus hombres rumbo a Cuzco y mientras contemplábamos su retirada, cansados y sudorosos, miré a Soto. Su abatimiento era total. Estaba sentado sobre una roca con la espalda encorvada y la cabeza entre las manos. Su siempre pulcra camisa estaba empapada en sudor y pegada a la piel. A su lado, el peto de la armadura y su casco, que se había quitado momentos antes, parecían trozos de metal sin utilidad alguna. La espada, manchada de sangre, descansaba sobre sus rodillas, temblorosas por el esfuerzo realizado.

Sabía que estaba haciendo un repaso a su impulsivo avance sin sentido. Por un problema personal con Almagro, nos había conducido hacia un completo desastre.

Ahora le tocaba comprender la magnitud de su imprudente acción.

Poco después llegaba Pizarro que, rápidamente, fue puesto al tanto de lo ocurrido. A pesar de que Hernando esperaba ser reprendido por el gobernador, la reprimenda no llegó y Pizarro se limitó a enviarlo, días después, con un grupo en el cual iría también su hermano Juan, hasta las afueras de Cuzco, para inspeccionar el camino y aguardar allí, en las montañas que rodeaban el valle de la ciudad, al resto de la tropa que avanzaba más despacio debido a la carga que llevaba.

En los días siguientes, mientras nos preparábamos para emprender de nuevo la marcha, se acercaron al campamento que habíamos establecido allí mismo algunos caciques de la zona a ofrecernos su fidelidad.

* * *

Después de habernos repuesto de tan duro enfrentamiento y cumpliendo las órdenes de Pizarro, partimos hacia las montañas que rodeaban Cuzco. Al llegar allí pudimos apreciar el magnífico espectáculo de aquella ciudad de leyenda. Contemplarla fue para nosotros como estar tocando el cielo. Se nos hacía increíble estar a tiro de piedra del lugar donde había nacido AtaHuallpa.

Descendimos de las montañas y al llegar casi a la entrada de Cuzco vimos grandes humaredas que salían de distintas partes de la ciudad.

—¡Maldita sea! —exclamó Pedro—. Quizquiz le ha prendido fuego…

—Sí, no podemos esperar a Pizarro —contestó Soto—, es necesario impedir que la ciudad sea destruida.

Juan Pizarro, que venía con nosotros, y Hernando decidieron entrar primero con un destacamento para tranquilizar a los habitantes y apagar los incendios.

Sin embargo, aquellos fuegos habían sido encendidos por Quizquiz, no para destruir Cuzco, sino para advertir al resto de los ejércitos que la abandonaran ante nuestra llegada.

Aquel pequeño incidente había servido de excusa para entrar a la fabulosa capital del Imperio Incaico y creo que fue un hecho reconfortante para Soto, tan abatido desde Vilcaconga.

Así, aquel 15 de noviembre de 1533, al año justo de nuestra entrada a Cajamarca, Hernando de Soto, nuestro impulsivo capitán, fue el primer español que puso sus pies sobre las losas de las amplias avenidas de la mítica ciudad de Cuzco.

Cuzco, ciudad mítica

Cuzco, el ombligo del mundo, nos recibió con todo su esplendor.

Entramos en ella como en un sueño, atravesando la puerta sagrada de Huaca Pumpu.

Todo era tan irreal, tan inmenso... Me sentí un privilegiado por estar allí. Era, en realidad, la digna capital de aquel Imperio, del que tan orgulloso se había mostrado AtaHuallpa.

Los españoles que tuvimos la suerte de verla intacta, magnífica en su arquitectura, soberbia en su grandiosidad, espléndida en sus inmensas riquezas, no la olvidaríamos jamás. Sin embargo, era demasiado bella y generosa como para perdurar. Pocos años después, nadie reconocería en ella a la que un día nos deslumbrara con su fastuosidad.

Las calles estaban casi desiertas. Sólo habían quedado en ellas algunos viejos y mujeres inútiles que, a causa de su edad o sus deficiencias físicas, no habían podido abandonarla como lo había hecho el grueso de la población.

Avanzamos entre enormes edificios hechos con grandes bloques de piedra, algunos de ellos de dos plantas, como el convento de Mamacuna y, a sus espaldas, el bellísimo palacio de Roca II.

A cada paso creía reconocer algún sitio compartido con el Inca durante su cautiverio: Cassana y Cora Cora, el camino del Yachay Huasi, el barrio de las escuelas; la fortaleza de Sacsahuamán, a la entrada de la ciudad, a poca distancia del centro de Cuzco, con sus tres murallas escalonadas de más de veinte metros de altura...

Las viviendas particulares, los templos, las avenidas, revivían en mí sus palabras cuando describía los barrios con sus magníficas plazas y paseos.

Anduvimos por las amplias calles sinuosas hasta llegar a la gran plaza del Huacay Pata. Allí estaba, soberbio y magnífico, el palacio del Inca Huáscar. Algo más retirado, pero unido a la gran plaza por una sucesión de patios, se alzaba Coricancha, el templo del Sol, erigido en el lugar exacto en el que el bastón de oro de Viracocha se había hundido en la tierra, según la historia de los incas.

Al observarlo, nuestro asombro no tuvo límites.

El templo se hallaba sobre una terraza y a su alrededor había diversas viviendas y santuarios.

Sus extensos muros de piedra estaban adornados con frisos recubiertos por placas de oro, muchas de las cuales habían sido arrancadas para pagar el rescate de AtaHuallpa. A los costados de la gran fachada del templo se hallaban los santuarios de la Luna, las Estrellas y el Rayo. El conjunto delimitaba una amplia plaza, el Campo del Sol, en cuyo centro se levantaba una fuente totalmente recubierta por placas de oro.

La fuente donde AtaHuallpa, como sumo sacerdote, como el Inca de Oro, habría vertido en ella la bebida sagrada, la chicha, para calmar la sed del Sol, y todo su pueblo lo habría acompañado en su saludo a Inti, con sus cánticos y su música…

Toda la construcción era tan monumental que me sentí extremadamente pequeño frente a tanta grandeza. Mis compañeros habían desmontado y se habían acercado a los muros del templo. Sin poder dar crédito a lo que veían, acariciaban las placas de oro como si quemaran, como si de un momento a otro fueran a desaparecer. Pizarro dio la orden de entrar al templo y sacar el oro y las riquezas que allí había.

Me aparté de ellos. Quería verlo todo. Mis ojos no daban abasto.

El resto de la ciudad no era menos imponente: los palacios de los antiguos Incas –Yupanqui, Pachacutec, Mayta Capac– muy cercanos unos a otros, no me daban respiro.

Illencka, a mi lado, parecía haber recobrado el habla. Se la veía animada y, si bien estaba lejos de ser la niña a la que le gustaba gastarme bromas, al menos parecía haber vuelto a la vida. No cesaba de darme indicaciones acerca de todo lo que veíamos y hasta sonrió en alguna oportunidad al ver mi expresión de perplejidad ante los grandes monumentos de su ciudad.

—Cuzco es la cabeza, Tahuantinsuyu el cuerpo y el Inca el pensamiento —me dijo, orgullosa.

El resto de la tropa se había dispersado por las calles para revisar las viviendas y llevar todo lo que tuviera algún valor. A los indios que nos habían acompañado se les permitió quedarse con lo que los españoles descartaban. En realidad, a ellos les interesaban más los adornos, los plumajes, las mantas o llicllas, las ropas, ojotas o sandalias, los gorros con orejeras o chullos y también las chiquitacllas, afilados palos que se utilizaban para sembrar.

Illencka, señalándome hacia una de las calles de la derecha, me dijo:

—Vamos por allí, Fernando Espárrago…

Dirigí a Azulejo por donde me había indicado. Anduvimos un trecho entre las viviendas que, silenciosas, se levantaban a los costados. Los pocos habitantes que veíamos nos miraban aterrados y, cuando sus inmovilizadas piernas se lo permitían, huían a refugiarse dentro de las casas para seguir observándonos, discretamente, desde su interior.

Al llegar frente a una de aquellas viviendas, más amplia que las demás, Illencka desmontó y entró en ella. No sabía si seguirla o no, por lo que me quedé esperando allí, en mitad de la calle y sintiéndome observado por ojos invisibles.

Al poco rato, salió de la vivienda y me llamó para que entrara con ella. La obedecí, después de asegurar a Azulejo a un poste de la entrada.

Tomándome de la mano me guió hacia el interior, que estaba fresco y casi en penumbras para mis ojos deslumbrados por la luz del exterior. Era una sala amplia con muros de piedra y techo de madera constituido por vigas que se entrecruzaban. Pequeños desniveles que se salvaban por tres o cuatro escalones rompían la monotonía del salón y formaban otras pequeñas salas donde se veían profusión de vasijas de barro, estatuillas y tejidos de vivos colores adornando las paredes, a modo de tapices. En los muros había multitud de pequeños nichos donde se hallaban objetos de toda índole: platos, vasos, ánforas…

—Fernando, éste es mi maestro Manco Huillca, del que ya te hablé… —me dijo Illencka llevándome hacia un rincón donde, sentado sobre unas esterillas de junco, había un anciano.

Si bien era bastante más joven que el maestro Lachira, muchas cosas en él me hicieron recordar al viejo anciano. Sus intensos ojos negros y vivaces, atentos a todo lo que se movía a su alrededor, el gesto de sus manos como moviendo el aire, su exagerada delgadez…

Sus cabellos grises eran abundantes y algo hirsutos. Recordé lo que me había contado Illencka acerca de ellos cuando se enfurecía contra sus alumnos y la similitud que encontró entre el anciano y el cómico guará.

Me acerqué a él mientras me miraba con expresión estupefacta. Dejé que me mirara a discreción. Cuando se consideró satisfecho, me saludó en quechua. Al ver que yo le respondía en el mismo idioma, su rostro se relajó y esbozó una pequeña sonrisa.

Tenía una dentadura perfecta y tan blanca que iluminó su piel oscura y arrugada.

Me invitó a sentarme y acto seguido me hizo miles de preguntas. Todo le interesaba. Nuestras costumbres, nuestra religión, nuestro idioma… Estuvimos hablando por espacio de dos horas, durante las cuales sólo fuimos interrumpidos por uno de los españoles que asomó su cabeza por la puerta. Evidentemente estaba buscándome ya que al verme respiró aliviado y se retiró después de dirigirme un breve saludo.

—Maestro Manco Huillca, ¿por qué no abandonó la ciudad como los demás? ¿No nos teme? —le pregunté, sorprendido de su aparente tranquilidad.

—Sé demasiado como para temer. Sólo se teme lo que no se conoce y yo conozco muchas cosas de vosotros, los españoles. Lachira estuvo aquí hace varias lunas. Él me contó acerca de ti, el hombre muy blanco que está con Illencka. Espéralo, me dijo, y habla con él. Cuéntale de nosotros, del pueblo inca, de nuestras costumbres, de nuestros antepasados, él te escuchará, me dijo, porque sabe muchas cosas y el que tanto sabe, más quiere saber. Ahora, español tan blanco como la luna, después de que me escuches y después de escucharte, dejaré Cuzco, me iré lejos y cuando vosotros lleguéis allí, yo me iré más lejos aún y un día llegará en que ya no será necesario huir más, porque ya estaré muy viejo y moriré como murió Lachira…

—¿El maestro Lachira ha muerto?

—Sí, estuvo conmigo muchos días y muchas noches durante las cuales me hablaba de vosotros. A veces, yo le decía: "descansemos" y él me respondía: "no, aún debo contarte más, déjame hablar". Y yo lo dejaba y él casi no comía y me seguía contando de los españoles, y un día entendí su apuro en que yo supiera esas cosas. Vosotros estabais por llegar y él veía llegar su muerte. Una noche, después de cenar me dijo: "Esta noche no dormiré, tengo que hacer un largo viaje", me dijo, "¿Adónde?", le pregunté, y él me respondió: "Debo ver a Illencka". Cuando el sol se levantó tras las altas cumbres, me acerqué para despertarlo y vi que ya dormía para siempre…

Miré a la niña y al ver su expresión serena supe que ella sabía de la muerte de su maestro. De repente, recordé aquella extraña escena en la plaza de Cajamarca, la noche en que Almagro pidió la muerte de AtaHuallpa. El anciano que había hablado con ella… ¡era Lachira!

Illencka me observó un momento y luego me dijo:

—No preguntarás porque tú ya entiendes, Fernando Espárrago.

Callé porque, como había dicho, ya empezaba a comprender. Ella era la tierra, Pachamama, que algún día devolvería el aliento del Inca, como decía su canción.

Nos había recibido con su magia, con su inocencia, con su sabiduría encarnada en la figura frágil de una niña, una niña llamada Illencka.

* * *

El maestro siguió hablando, contestando las preguntas que ella le hacía sobre sus hermanos. Si se encontraban en Cuzco…, si su padre ya había regresado de Quito…

El anciano contestó a todo, pero lo hizo con evasivas al hablar de Lloque, uno de los hermanos de Illencka, y se limitó a decir que su madre la esperaba desde hacía tiempo.

Illencka, advirtiendo que algo no andaba bien, insistió en sus preguntas:

—Maestro Huillca..., ¿mi hermano Lloque está enfermo?

El anciano bajó la cabeza y dijo con voz apenada:

—Tu hermano Lloque ha caído muy enfermo..., de esa rara enfermedad que ha llenado su piel de pústulas y llagas..., y horribles calenturas...

¡Viruela! ¡Aquella maldita enfermedad seguía matando a los indios!

—Es el mismo mal que se ha llevado al Inca Huayna Capac, a su esposa, a sus nobles y a tantos otros... No sabemos cómo luchar contra ella, nuestra sabiduría es pequeña frente a ese enemigo. Los sacerdotes piden clemencia a nuestros dioses, pero ellos están sordos...

—Esa enfermedad la trajimos los españoles... —dije.

—Lo sé —me replicó el anciano sin reproche en su voz—, no sólo eso habéis traído. También habéis traído el miedo y la confusión. La voz de nuestra raza agoniza, los cuerpos caen destruidos y la tierra ya no puede beber tanta sangre... Tú, español, abre bien tus ojos, que en ellos quede marcado todo lo que veas para que lo puedas recordar, porque no pasará mucho tiempo para que esta tierra y este imperio sean tragados por un nuevo cataclismo. La tierra ha temblado ya muchas veces y se ha partido en dos y ha hundido a pueblos enteros. Y siempre nos hemos vuelto a levantar, pero ahora la confusión y el caos han ocupado nuestro reino. Nuestra religión será desterrada por la vuestra. Caerán nuestros símbolos y se levantarán los vuestros y vuestra raza habrá triunfado sobre la nuestra.

* * *

Salimos de allí dispuestos a ver a la familia de Illencka. La niña iba callada. Yo, sin saber qué decirle, me limité a tirar de las riendas de Azulejo que, a paso tranquilo, nos siguió por las calles desiertas.

Al llegar a una esquina vimos a un grupo de soldados que, obedeciendo una orden de Pizarro, quitaban de lo alto de un edificio una pesada placa de oro con la imagen del Sol.

En su lugar, Fray Valverde ordenó colocar una gran cruz.

La enfermedad

Poco después, Illencka me indicó que la siguiera y penetró en una de las viviendas.

Una bella mujer la recibió con grandes muestras de cariño. Su pena y su alegría se confundían en sus palabras que salían a borbotones de su garganta. Al verme, retrocedió asustada. Illencka se acercó a ella y le explicó quién era yo, pero ella no relajó su actitud. La niña, entonces, se acercó a mí y me empujó cerca de su madre. Me sentí fuera de lugar saludando a aquella mujer que me miraba como si yo fuera el mismo demonio.

Un quejido que venía de la sala contigua nos distrajo a los tres. La madre de Illencka corrió hacia allí, tras ella fue la niña. Yo, sin saber muy bien qué actitud tomar, me aproximé a la puerta de la habitación.

En un rincón, sobre unas esterillas cubiertas por mantas, se hallaba un muchacho. Su rostro, contraído por el dolor y la fiebre, estaba casi desfigurado por horribles vesículas sanguinolentas. Tenía los ojos abiertos y miraba sin ver. De sus labios resecos salían continuos quejidos.

Era viruela. Había visto morir a muchos de aquella terrible enfermedad.

Illencka, de pie detrás de su madre, tenía la cara cubierta por sus manos. Creo que lloraba.

Poco después pareció serenarse. Se volvió hacia mí y me dijo:

—Vete, Fernando Espárrago. Ve con ellos. Dile al Apo que ya no me necesita.

Era la primera vez que se refería a los españoles como "ellos". Advertí en esa palabra una lejanía, un deseo de apartarse de nosotros. No se lo reproché. Me despedí de ella y salí de la vivienda. Sentía dentro de mí una inmensa tristeza.

Afuera, el sol hacía arder las piedras de las calles casi solitarias de la ciudad de Cuzco.

Cerca de allí escuché una gran algarabía. Al acercarme vi a varios soldados que traían sus caballos cargados hasta la testuz de pesados tesoros arrancados a las momias de los antiguos Incas y que, por respeto a los muertos, no habían sido tocados por los indios para el rescate de AtaHuallpa.

Pizarro nos distribuyó en las distintas viviendas y se reservó para él uno de los magníficos palacios que rodeaban la plaza. A Soto lo instaló junto con Doña Leonor en la antigua residencia del Inca Huayna Capaz, el soberbio palacio de Amarucancha.

Por la noche nos reunimos con Pizarro en su nueva vivienda. Allí nos comunicó que la cantidad de tesoros que había en Cuzco superaba en amplia medida al rescate que pagara AtaHuallpa, de manera que, en unos días, se realizaría la fundición de todo el oro. Después de apartar un quinto para la Corona de Castilla, cada uno de nosotros recibiría una parte.

Asimismo, nos comunicó que al día siguiente se harían los festejos de la ascensión del nuevo Inca, Manco II, quien firmaría un tratado de amistad y vasallaje con España. Hernando de Soto sería nombrado gobernador de Cuzco después de realizar una incursión por los alrededores con el ejército del nuevo Inca, para terminar con las tropas de Quizquiz.

Al concluir la cena, Pedro y yo salimos al fresco de la noche.

—No he visto a Illencka… —me preguntó, preocupado.

—Está en su casa. Uno de sus hermanos tiene viruela…

—¡Maldita sea! ¡Pobre niña! —explotó—. ¿Crees que morirá?

—No lo sé. He consultado a nuestro médico y me ha dicho que la gente que vive en estas alturas es más resistente a las enfermedades. Según AtaHuallpa, en Quito murió gran parte de su familia y casi toda la nobleza, también en Túmbez murieron muchos, pero en Cajamarca, que está a mayor altura, casi no hubo enfermos ni de viruela ni de ninguna otra enfermedad.

—Y Cuzco está más arriba aún —miró hacia las altas cumbres que se adivinaban en la oscuridad de la noche—. ¡Jesús! ¡Qué alto y ancho es todo aquí! ¡Hasta yo me siento pequeño! ¡Las montañas parece que nunca terminan de subir ni los ríos de pasar, ni el viento de empujar, ni los indios de atacar…!

—Ya, ya, Pedro… —dije para cortarlo—. Dime algo sobre los planes de Pizarro…

—¿No te has enterado…?

—No es necesario. Ya te enteras tú. Cuéntame.

—Parece que Pedro de Alvarado…, habrás oído hablar de él, ¿no?

—Algo…

—Por lo menos sabrás que Alvarado ha conquistado Guatemala…

—Sí, lo sé.

—Ahora se dirige hacia el Perú en varias naves, para entrar y ocupar Quito y las tierras del norte, antes de que las ocupe Pizarro. ¡El gobernador está que trina! Por eso envió a Sebastián de Belalcázar a San Miguel, la entrada al Perú, para impedirle el avance y, además, en unos días parte Soto con Almagro hacia Jauja y desde allí a Quito, para llegar antes que Alvarado, en caso de que Belalcázar no logre impedirle el paso…

—Esto se está complicando demasiado —dije para mí, pero Pedro me escuchó y respondió:

—Y eso sólo es una parte. Las relaciones entre Almagro y Pizarro están cada día peor. Además, está el peligro de Quizquiz…

—¿Piensas que aún querrá atacarnos?

—Fernando, hombre, ¡qué iluso eres! ¡Pues claro que quiere atacarnos! No creo que en su cabeza haya otro pensamiento. ¡Por eso, apenas se celebre la coronación de Manco, Soto partirá con el nuevo Inca y su ejército de cinco mil indios para seguirle los pasos y terminar de una vez por todas con él!

—No es sólo el enfrentamiento con los indios lo que me preocupa, sino también el enfrentamiento entre españoles...

—No es difícil de entender. Tanto oro y tierras por conquistar y repartir son motivos más que valederos para enfrentarnos. No te olvides que regresar a España con la mayor cantidad de tierras conquistadas significa honores y títulos.

—Lo puedo entender, pero no lo justifico...

—Ni yo...

* * *

Al día siguiente, apenas desperté, salí de mi vivienda con intención de ir a ver a Illencka y averiguar el estado de su hermano. Las calles de Cuzco estaban volviendo a la vida, muchos de los cuzqueños que habían huido volvían a ocupar sus casas ante la promesa del nuevo Inca de hacer un tratado de amistad con nosotros para que los defendiéramos en caso de un ataque por parte de los guerreros de Quizquiz, fieles aún al desaparecido AtaHuallpa. El saber que su nuevo señor era uno de los hermanos de Huáscar, a quienes ellos le habían sido leales, les hacía recobrar la confianza.

A los señores de la nobleza se les restituyeron sus antiguas viviendas, no así los tesoros que en ellas había.

La ciudad había cambiado totalmente. Todos se afanaban en embellecerla para la nueva coronación. Volvían a brotar los colores en las vestimentas, en los estandartes, en los ricos plumajes…

Un poco ajeno a los festejos, me dirigí a casa de Illencka. Al llegar, vi en la puerta dos llamas atadas cargadas con hermosas vasijas de barro. Me acerqué a la entrada y vi en el interior a varias personas sentadas sobre esterillas de junco. Una de ellas era Illencka, a su lado estaban su madre, el maestro Manco Huillca y dos personas más: un muchacho y un hombre joven, a quienes no conocía.

—Pasa, Fernando Espárrago —me dijo Illencka, al verme.

Entré y saludé a todos en quechua.

Todos respondieron a mi saludo, menos el muchacho que no apartaba sus ojos de mí.

—Fernando —me dijo señalando al muchacho—, éste es mi hermano Sinchi, que guía los rebaños…

El chico continuó mirándome y no respondió a mi saludo.

—Y éste es mi hermano mayor, Yachay, maestro artesano.

Yachay sí me saludó, aunque no con demasiada buena disposición. Tuve que conformarme. En vista de las circunstancias, no podía pretender ser recibido con todos los honores.

—Illencka —pregunté—. ¿Cómo está Lloque?

El chico miró a su hermana con desconfianza, parecía no entender aquella confianza que yo demostraba hacia ella. Es más, estaba disgustado.

Illencka tomó una de sus manos, como para tranquilizarlo, y me respondió:

—Igual. El médico español está con él. Pedro lo ha enviado.

La madre me sonrió levemente y murmuró algunas palabras de agradecimiento. Tenía la voz grave y dulce, igual que Illencka.

En ese momento, nuestro médico salió de la habitación contigua. Al verme, me dedicó un rápido saludo y se dirigió al grupo aunque sus palabras iban para la niña, ya que él no hablaba en quechua.

—Illencka, tu hermano no ha empeorado, pero tampoco está mejor. Si esta noche baja la temperatura de su cuerpo, podremos decir que está fuera de peligro. Habrá que esperar.

Luego se dirigió hacia mí y me arrastró hacia afuera. Una vez allí, me dijo, en voz baja:

—El muchacho no está bien, pero mi mayor temor es el contagio. Aunque en estas alturas la enfermedad no parece ser mortal, temo por la niña, es la más débil físicamente y en los últimos días no se ha alimentado como debiera. Está muy pálida y ha adelgazado.

—Me quedaré con ella —respondí, y despidiéndome de él entré nuevamente en la vivienda. Esta vez fui mejor recibido. Era indudable que Illencka les había estado hablando de mí ya que a sus hermanos los vi más relajados. Me invitaron a sentarme con ellos y compartir su desayuno.

Al principio sólo cruzamos algunas palabras el maestro, mi amiga y yo, pero, poco a poco, el hielo se fue rompiendo y comenzamos a conversar. Si bien era gente muy callada, la curiosidad por todo lo mío había logrado hacerlos salir de su mutismo.

Me quedé con ellos hasta la tarde en que me retiré porque Pizarro me había mandado llamar.

Cuando ya estaba en la puerta, Illencka vino a mi lado y me preguntó:

—Fernando, ¿vendrás esta noche?

—Sí, vendré y me quedaré contigo. Juntos curaremos a Lloque.

Me echó los brazos al cuello y me dio un fugaz beso en la mejilla. Luego salió disparada hacia el interior.

* * *

Pizarro me estaba aguardando para dictarme algunos documentos. Estuve con él hasta el atardecer. Cuando terminamos, sentía la mano acalambrada de tanto escribir. Durante todo el tiempo lo noté sumamente inquieto y nervioso, casi diría malhumorado. No me costó trabajo deducir a qué se debía. De acuerdo a todo lo que tuve que hacer constar en mi cuaderno, comprendí que la conquista se le estaba haciendo muy difícil y no precisamente por los indios sino, al contrario, por los mismos españoles. Había corrido la noticia por todo el continente de las riquezas que encerraba el Perú y todos querían una parte de las mismas. Desde España estaban llegando gentes nuevas con afán de conquista y se estaban desarrollando luchas entre ellos disputándose ciudades, territorios y tesoros. Se confirmaba lo que me había dicho Pedro sobre Alvarado, el conquistador de Guatemala, que se acercaba con una poderosa armada hacia las costas del Perú. Apenas regresara Hernando de Soto de los alrededores, saldría con Almagro rumbo a Jauja y desde allí a Quito; con ellos iría Manco, el nuevo Inca, con su poderoso ejército. Tratarían de adelantarse a Alvarado.

—Irás con ellos, Fernando —me dijo al despedirme.

—Como usted diga, Gobernador —contesté y partí hacia la casa de Illencka.

Durante el camino me puse a pensar en mi próxima partida. Lamentaba tener que irme de Cuzco. Quizás fuera a raíz de todo lo que de ella me había contado AtaHuallpa. Me habría gustado quedarme un tiempo, el suficiente como para descubrirla, como para conocer todos sus rincones. Pero no había venido a esta tierra a enamorarme de sus ciudades sino a llevar una crónica de su conquista.

* * *

Al llegar a la casa de Illencka, quien salió a recibirme fue su madre. Me dijo, preocupada, que la niña no se había movido del lado de Lloque desde que yo me había ido.

—Temo que la enfermedad se la lleve también a ella —me dijo con los ojos húmedos.

—No se la llevará —le dije, más para convencerme a mí que para convencerla a ella.

Me acompañó hasta la habitación donde el muchacho dormitaba entre quejidos. A su lado, sentada en cuclillas, estaba Illencka. Me acerqué a ella. Me murmuró un saludo y me señaló una esterilla al otro lado del lecho.

Me senté allí y la interrogué con la mirada. Negó con la cabeza. Toqué la frente de Lloque. Ardía. Sus labios, resecos, estaban partidos y sangraban. El médico había colocado sobre las pústulas un ungüento que despedía un fuerte olor acre.

Pasaron varias horas durante las cuales no nos movimos de nuestro sitio. En un par de oportunidades, la madre de Illencka entró y nos sirvió una bebida dulzona y fresca y luego se retiró como una sombra.

Hacia la medianoche el muchacho pareció empeorar. Apenas podía respirar. Hice además de ir a buscar al médico, pero Illencka me detuvo.

—No, Fernando, no traigas al médico. Él nada puede hacer. Siéntate y dame tu mano.

Hice lo que me decía. Nuestras manos quedaron cruzadas sobre el pecho de Lloque. La altísima temperatura de su cuerpo quemaba nuestras manos. Illencka apretó, con su manita, la mía. La noté helada. Estuvimos así mucho tiempo. De repente, comencé a tener extrañas visiones, como en un sueño. No comprendía qué era lo que me estaba pasando. Veía a Illencka como si estuviera muy lejos, pero, sin embargo, su mano seguía aferrando la mía. De pronto, vi frente a mí a AtaHuallpa. Estaba parado detrás de la niña. Su mascapaicha resplandecía en la oscuridad. Los reflejos de su túnica, íntegramente de oro, doraban la piel del muchacho y la de la niña. Se arrodilló junto a ella y puso su mano sobre las nuestras. Miró a Lloque y comenzó a hablar en aquella extraña lengua que, a veces, había usado con Illencka. La niña repetía sus palabras con voz grave y pausada. Después de algunos minutos, el Inca se puso de pie, me sonrió y se desvaneció en la penumbra de la habitación.

Solté mi mano de la de Illencka y toqué la frente de Lloque. ¡Dios mío! Estaba tibia. La temperatura había descendido. Illencka me miró y me dijo:

—Gracias, Fernando Espárrago.

Tenía la carita resplandeciente y la sonrisa blanca.

LA DESPEDIDA

A los pocos días regresó Hernando de Soto. Había tenido algunos enfrentamientos con los guerreros de Quizquiz. Si bien muchos habían muerto, el grueso del ejército había logrado escapar y marchaba rumbo al norte. De manera que Pizarro ordenó que nos preparáramos para partir. Manco II había sido coronado y su ejército estaba dispuesto a seguirlo para terminar con el general rebelde.

Durante ese día se llevaron a cabo los preparativos. Mientras los soldados se organizaban yo recogí mis cuadernos y libros y preparé mis alforjas. Sólo faltaba despedirme de Illencka. Fui a su casa pero no la encontré. Su madre me dijo que posiblemente estuviera en los alrededores del templo.

Hacia allí me dirigí, pero no la vi ni en la plaza ni en las cercanías. Decidí entrar en el templo.

Ascendí por la ancha escalinata y llegué hasta la enorme puerta. Uno de sus tramos estaba abierto. Penetré en el interior.

La sorpresa me paralizó. Durante días había visto a los soldados de Pizarro sacar del templo grandes planchas de oro, estatuas, joyas y todo lo que pudiera haber de valor. No me había animado a entrar. No sé si por respeto, por temor o quizás fuera que el problema de Illencka había absorbido toda mi atención, la cuestión es que hasta este momento no había visitado aquel lugar y ahora estaba allí, observando las bellas piedras de su construcción, rematadas en su borde superior por anchas franjas de oro. La triple imagen de Inti, el dios Sol, resplandeciente y dorada. Las ricas estatuas en jade. Las ofrendas dispuestas a los pies de las momias sagradas recubiertas de oro… Todo estaba intacto, como si nadie hubiera estado allí antes. Aquello no tenía explicación.

—Si arrancas el oro de una piedra, brotarán dos… —dijo Illencka a mis espaldas.

Me volví. Estaba parada a mi derecha, junto a una inmensa vasija recubierta por placas de oro, que contenía la momia de uno de los anteriores Incas.

—Los españoles sí se habían llevado todo. Como ya nadie volverá a entrar, le he devuelto a Viracocha lo que es de él.

—¿Y si se lo vuelven a llevar?

—Se lo devolveré nuevamente, hasta que la tierra se agote.

—La tierra eres tú…

—Sabía que tú lo comprenderías en algún momento, Fernando Espárrago.

—Illencka, vine a despedirme…

—¿Ahorita?

—Sí, ya debo partir rumbo al norte.

Se acercó hasta donde yo estaba. Puso las manos en su cuello, allí donde estaba la cuerda de la que un día había colgado la extraña piedra de jade. Se la quitó y me pidió que me inclinara; entonces, la sujetó en mi cuello y me dio un beso en la mejilla. La abracé con fuerza; después se apartó de mí y se perdió en uno de los oscuros corredores del templo.

Salí a la calle. Mis compañeros me esperaban. Pedro sujetaba las riendas de Azulejo. A paso tranquilo salimos de Cuzco. Un trecho más adelante me detuve a mirarla de lejos, instintivamente toqué la cuerda que tenía en el cuello. Noté que algo pendía de ella.

Un leve fulgor verde inundó mi mano. Allí estaba la piedra de jade. El ojo izquierdo de Paa Zuma. La Luna.

Adiós, Illencka.

Niña mágica del Tahuantinsuyu.

ÍNDICE

GLOSARIO

Acllas: Vírgenes del Sol, eran seleccionadas entre las más hermosas y excepcionales mujeres del imperio para custodiar los lugares sagrados o para ser entregadas como esposas a los nobles.

Amauta: Sabio o maestro.

Apo: Señor grande y principal.

Aquillas: Vasos de oro utilizados en las ofrendas sagradas.

Ara macao: Papagayo. Ave de vistosos colores que habita en las selvas tropicales de América del Sur y América Central.

Aryballes: Ánforas.

Atables: Trompetas.

Ayllus: Grupos de parentesco o linaje.

Ayamarca: Mes de noviembre.

Azteca: Antigua civilización del golfo de México.

Boleadoras: Arma que consiste en tres piedras sujetas a tiras de cuero trenzadas

Cóndor: La mayor de las aves. Habitante de los Andes, puede volar a más de seis mil metros de altura. Era venerado por los incas.

Coricancha: Templo del Sol en Cuzco.

Coya: Reina.

Curaca: Jefe local.

Chacra Huarqui: Mes de julio.

Chasqui: Mensajero.

Chicha: Bebida alcohólica, producto de la fermentación del maíz.

Chipana: Brazalete de oro que se utilizaba en las ceremonias religiosas.

Chiquitacllas: Palos aguzados para sembrar.

Chuco: Casco.

Chullos: Gorros de lanas multicolores con orejeras.

Chuspa: Pequeño bolso.

Guará: Lobo de las pampas.

Hanán Pacha: El cielo, morada de Viracocha, de las estrellas, de los planetas y de las almas de los hombres virtuosos.

Haravicu: Poeta.

Hatun runa: Hombre de pueblo.

Huaca: Lugar u objeto sagrado.

Hurín Pacha: Mundo de los hombres racionales.

Illapa: El Rayo. Dios del Fuego.

Inca: Soberano del imperio incaico.

Inti: El Sol. Representa a Viracocha.

Inti Raymi: Fiesta del Sol. Solsticio de junio.

Jaguar: Felino americano más grande que el leopardo, aunque similar a éste.

Kallanca: Galpón.

Keros: Vasos de madera ricamente decorados.

Kinkajú: Mamífero sudamericano de tamaño pequeño.

Llama: Rumiante sudamericano que habita en los Andes. Es utilizado como animal de carga.

Llauto: Trenzado de lanas de colores que rodeaba la frente.

Llicllas: Mantas.

Macana: Garrote grueso de madera pesada, utilizado como arma.

Mascapaicha: Borla de lana carmesí, engarzada en oro, sujeta al llauto. Símbolo de la soberanía incaica.

Maya: Antigua civilización de la península de Yucatán.

Mitayo: Trabajador que era sorteado para trabajar por turnos.

Mitimae: Hombre de pueblo distinguido.

Mot mot: Pájaro pequeño de bellísimos colores.

Mukkamukka: Especie de árbol.

Ñusta: Princesa o señora de sangre noble.

Ojotas: Sandalias.

Orejón: Nombre dado por los españoles a ciertos nobles por los pesados adornos de sus orejas, que les deformaban el lóbulo.

Pachamama: Madre Tierra.

Papa: Patata.

Paucar Uray: Mes de febrero.

Pichca: Juego de mesa de los incas. Número 5.

Pincuillus: Instrumento musical que se fabrica con un cuerno.

Piruas: Silos o depósitos.

Poncho: Prenda de abrigo de forma rectangular o cuadrada con una abertura para la cabeza.

Puma: Felino americano.

Puna: Llanura de alturas superiores a los tres mil metros.

Puric: Adulto que trabaja y paga impuestos.

Quechua o quichua: Nombre actual del runa simi, lenguaje del Imperio Inca.

Quellca: Dibujo o pintura.

Quena: Instrumento musical hecho de caña, metal, madera o hueso.

Quilla: La Luna.

Quipu: Conjunto de hilos de diversos largos y colores, anudados según la necesidad. Se empleaba para consignar datos y cuentas.

Runa simi: antiguo nombre del quechua, idioma del imperio incaico.

Sapay Inca: Único. Señor Soberano.

Sara: Maíz.

Shin: La Luna.

Tahuantinsuyu: Imperio de las cuatro regiones.

Tambos: Depósitos estatales, dispuestos a lo largo de los caminos.

Tocapus: Signos jeroglíficos a modo de escritura.

Ucu Pacha: Mundo de los muertos y de los que van a nacer. Morada de Pachamama.

Uncu: Túnica sin mangas.

Usutas: Sandalias.

Vicuña: Especie de llama pequeña. Posee una lana excelente.

Viracocha: El Creador.

BIBLIOGRAFÍA

Ballesteros, Manuel
    Francisco Pizarro. Historia 16, Madrid, 1986;
    Diego de Almagro. Historia 16, Madrid, 1987.
Bravo, Concepción
    AtaHuallpa. Historia 16. Madrid, 1986;
    Hernando de Soto. Historia 16. Madrid, 1986.
Díaz del Castillo, Bernal
    Historia verdadera de la conquista de Nueva España.
    Alianza Editorial, Madrid, 1989.
Elliot, John
    La historia revisada. El País.
Schwarz Fernand
    El enigma precolombino. *Enigmas de la Historia*. Edi-
    ciones Roca, Barcelona, 1988.